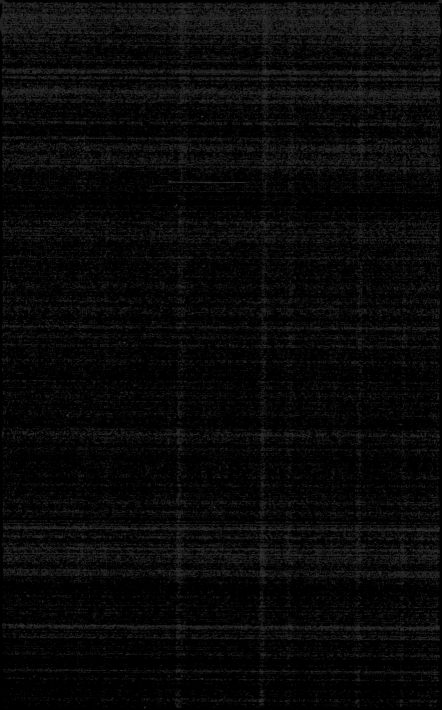

柿崎 一 著

西南之役

滅び去りし者への挽歌

鉱脈社

目次

西南之役　滅び去りし者への挽歌

西郷登場

江戸城無血開城・戊辰戦争の新政府軍指揮官として、維新回天の偉業を成し遂げた西郷隆盛が英主島津斉彬《なりあきら》に見出され、世に知られるようになるのは、安政元（一八五四）年の斉彬再度の出府に同行を命じられたことがきっかけであった。

同年一月二十一日に鹿児島を発った藩主一行に加わり、三月初めに江戸に到着し、四月になって庭方役を拝命する。二十八歳のときであった。幕府の御庭番の制度に倣《なら》い、斉彬のときに初めて置かれたもので、機密の事項に与《あずか》る役柄であった。身分の低い家臣では藩主と面会することは叶《かな》わず、意見具申も成し得なかったので、特に西郷のために斉彬が設けたものである。

それだけ西郷を見込みのある人物と見抜いていたこともあろうが、西郷を推挙した人物がいて、斉彬側近の関勇助であるとか、福崎七之丞ともいわれている。それに加えて、西郷が郡方書役助《こおりかたかきやくすけ》（後に書役に昇進）として農政を担当する役人であり、それにかかわる意見書を幾度か提出し、斉彬が西郷の存在を認識していたこともあろう。しかし、西郷が斉彬に己の考えを言上《ごんじょう》するようになるには歳月が必要であった。

中小姓《ちゅうごしょう》の列に加わり藩主の護衛を兼ねて江戸に入った西郷だが、親しく斉彬と言葉を交わす立場にはなかった。当時は前年の嘉永六（一八五三）年六月に、アメリカ東インド艦隊司令長官のペリーが浦賀沖に姿を現し、日本に開国を求め幕府をはじめ全国の封建諸侯が大混乱に陥っていたころで、そのようなときに西郷は江戸へやってきた。

この年、西郷は彼の人生に大きな影響を与えた人物と出会う機会に恵まれる。水戸藩士の藤田東湖であった。江戸藩邸の同僚である樺山三円や海江田信義の紹介であったというが、この藤田東湖によって攘夷論に共鳴していくとともに、人物を認められて西郷は感激頻《しき》りであった。東湖は尊王攘夷論を中核とする後期水戸学の思想を、全国に普及させたことで知られているが、東湖以外にも水戸藩の人たちとの出会いがあり、彼自身の視野を広げさせ、大きく成長させることとなった。

ところが江戸に到着して然程《さほど》経たぬ安政元（一八五四）年七月二十四日、斉彬の五男でただ一人存命の男児の虎寿丸が数えの六歳で死去する。この事態に西郷は酷《ひど》く苛《さいな》まれ、斉彬の世子《せいし》誕生を喜ばぬ勢力の呪詛《じゅそ》によるものとの思いが募っていった。

東湖たちとの交流が深まった安政三（一八五六）年四月、西郷はそれまでの庭先の面接ではなく、斉彬の御前に初めて召される機会を得た。その当時、徳川斉昭《なりあき》はじめ水戸藩関係者の動向が天下の耳目《じもく》を集めていたので、西郷から水戸藩の内情などについて言上がなされたと伝わる。

親しく話ができるようになるまでの二年間、西郷は水戸藩士を中心とする他藩士との人脈作りに傾注し、斉彬は西郷の築いた人脈からの最新の情報によって国内情勢を分析することができたのである。正確な情報を提供する西郷とそれを分析する斉彬は、互いに不可欠な存在と認め合う主従関係を構築していった。

斉彬との会話を通して、西郷は国際関係や日本社会、そして人を見る目を教わり、それが西郷を国士《こくし》に成長させる糧となった。斉彬から受けた影響の最《さい》たるものは、攘夷一辺倒的な考え方からの脱却であった。その例が、水戸藩主の斉昭を攘夷一点ばりの人物と思い込んでいた西郷を、斉彬は理解が浅いと嘲笑したことで、斉昭に別の深意があることに思い至った。斉昭が攘夷論を提唱しているのは本心からではなく、別の意図によっていることをそれとなく斉彬から教えられ、物事を多面的に視るようになった。

積極的開国論を胸に秘め、斉彬が世界的規模で日本の行く末を見据えていたことを知った。欧米諸国を日本から追い出すことは最早《もはや》現状では不可能で、今は通商条約を容認することがよい。欧米諸国との交易によって得られる利益で、それら諸国から武器や軍艦を購入し、軍備充実がなったときに攘夷の実行もあり得る。深謀遠慮な斉彬との接触を通して西郷の社会観や世界観も大きくなっていった。

斉彬と西郷に信頼関係が構築されると、二人は中央政局の動向に重大な関わりを有する将軍継嗣問題に取り組むこととなった。ペリー来航後、老中首座阿部正弘は隠居・謹慎を命じられていた徳川斉昭を復帰させた。外交問題は幕府の専権事項であったが、ペリーから突き付けられた開国要求を幕府のみの問題ではなく、日本全国の封建諸侯全体の問題と幕府が受け止めた結果であった。斉彬の跡目継承に多大な貢献のあった阿部正弘が、能力を高く評価していた斉彬に相談に及んだのである。

以後、斉彬は越前藩主であった松平慶永や土佐藩主山内容堂らの有力諸侯と手を組み、阿部が推進する改革を支える活動に踏み出す。十三代将軍の家定が病弱で危機の時代を迎えた幕府の将軍には相応しくないとの声が高まると、その跡継ぎに一橋家当主の慶喜《よしのぶ》を担ぐ運動を積極的に推進する立場となった。ただ、あくまでも西郷が斉彬に代わって将軍継嗣問題に関わる。斉彬が表立って動けば差し障りが生じるためである。

安政三（一八五六）年七月に初代駐日総領事としてタウンゼント・ハリスが下田に着任した。ハリスはアメリカ大統領の親書を将軍に手渡しするために江戸に行くと強硬に主張し、通商条約の締結を幕府首脳に執拗に求める事態となった。このハリスに張りあうためにも、有能な将軍の登場が待たれることとなり、一橋慶喜を将軍の跡継ぎにしようとする運動が本格化してきた。

参勤を終え安政四（一八五七）年五月に鹿児島に帰った斉彬は、自分に代わって事態の打開のため西郷に江戸行きを指示する。江戸に向かった西郷は将軍継嗣運動に注力することとなったが、到着以前の十月にハリスが強引に江戸に乗り込み、登城して将軍との面会を果たすという大きな出来事があった。

江戸で斉彬の代役を務める西郷は、主君が在国のために独断を下すことを余儀なくされることが多々あった。この運動の協力者として頼りにしていたのが、松平慶永の懐刀《ふところがたな》であった福井藩士の橋本左内である。左内が西郷に初めて会ったのは安政二（一八五五）年十二月末のことで、水戸藩の原田八兵衛宅であったという。二人は江戸で落ち合った後、手を携えて一橋慶喜の擁立に向けて画策していく。しかし、その活動も安政四年六月十七日の老中首座阿部正弘の死去によって、一時中断の事態となった。

阿部に代わって老中首座に就《つ》いた堀田正睦《ほったまさよし》は、ハリスの出府希望の受け入れを表明し、十数回にわたる交渉の末、日米修好通商条約の締結を決断する。その後京都で孝明天皇と朝廷上層部の説得にあたることになったが、それは失敗に終わった。孝明天皇は幕府の求めた通商条約の締結を直ちに拒絶したわけではなかったが、攘夷を希望する立場から幕府の要求を拒絶した、と多方面で受け止められることとなり、それが天皇の攘夷意思を尊重した尊王攘夷運動となって全国へ波及していった。

この一件を契機として朝廷と幕府の関係は不穏なものとなっていったが、それを一段と悪化させたのが、堀田の後の安政五（一八五八）年に大老職に就いた彦根藩主井伊直弼《なおすけ》が採った方策であった。また、将軍継嗣問題では血筋が家定に近い和歌山藩主の徳川慶福《よしとみ》を、将軍継嗣とする決定を下したことであった。

この間、西郷は状況が自分たちに不利と察知し、安政五年五月の段階で、鹿児島の斉彬に継嗣問題を巡る形勢が一変して不利となったことを報告した。そして、福井藩へ赴き帰国する旨を告げ、斉彬宛ての松平慶永書簡を携え帰国の途に就いた。六月七日に帰国、斉彬に拝謁し慶永の書簡を呈し詳細な報告を行ったが、同月十六日に家老から帰府が命じられる。斉彬から形勢挽回策を授けられての出立であったが、大坂で、井伊直弼による日米修好条約の調印と、徳川慶福（家茂《いえもち》）への将軍継嗣決定の表明がなされたことを知らされる。

この状況に西郷は困惑するが、さらなる悲報が舞い込んできた。藩主斉彬の逝去の報であった。死去の前日の七月十五日の夜、臨終に際して跡継ぎは久光もしくは久光の長男忠徳（後の忠義）を希望するとし、斉興《なりおき》（斉彬の父）に相談して決めるようにと遺言し、急を聞いて駆け付けた久光に後事を託したという。藩内では愛妾由羅の子久光を可愛がる斉興に連なる一派と嫡子斉彬の擁立を声高に唱える斉彬派の対立が激化していたが、斉彬と久光との関係は良好であり、斉彬は久光の能力を評価していた。

将軍跡継ぎに和歌山藩主徳川慶福、併《あわ》せて日米修好通商条約の締結を公表した井伊直弼に対して、一橋派の諸侯である名古屋藩主徳川慶勝、松平慶永、徳川斉昭、水戸藩主徳川慶篤が不時登城して井伊直弼を詰問する事態となった。ところが定められた日以外に江戸城に登城したとして、蟄居《ちっきょ》・謹慎・隠居・登城禁止の処分となり、一橋派の敗北が明白となった。

これに反発したのが孝明天皇であった。条約の無勅許調印と一橋派大名の処罰を非難し、幕府は攘夷を推進しうるための改革を遂行せよ、と命じる御趣意書を水戸徳川家に下し、島津家をはじめとする有力藩に勅諚《ちょくじょう》を廻達するように命じた。

しかし、禁中《きんちゅう》並《ならびに》公家《くげ》諸法度によって、天皇の政治介入と諸藩との接触を禁じてきた徳川政権にとって、孝明天皇の行動は無視できるものではなかった。さらに勅諚の降下自体が徳川斉昭の陰謀とされたことで、幕府から水戸徳川家に対して密勅の返納が命ぜられ、水戸藩関係者のみならず、一橋派に属した他藩士や朝廷関係者などにも弾圧が及ぶことになる。安政の大獄の始まりであった。

それまで西郷は京都にあって、尊王攘夷派の清水寺成就院の住職月照や近衛家の老女村岡を窓口として近衛家を介して朝廷工作を展開していた。月照との関係を知った多くの尊王攘夷派の浪士や他藩の武士が、西郷を目当てに京都の薩摩屋敷に出入りするようになっていた。彼らは西郷から活動資金を貰ったり、寝泊りさらには食事を給されることもあったが、すべて西郷の責任においてなされていた。

近衛家との縁で西郷は左大臣近衛忠熙《ただひろ》から、密勅を水戸・名古屋両藩に届ける役目を仰せつかるが、両藩とも藩主が処分を受け、井伊直弼に迎合的な勢力が権力を握っていた。どうすることもできなくなった西郷は、月照の手を経て近衛忠熙に密勅を返納するしかなかった。そこへ斉彬の死去の報が届いたのである。西郷は殉死を覚悟し、清水寺の月照を訪れ決意を告げたが、月照の慰留を受け思い止まった。

しかし、事態は切迫していた。密勅降下に関係した水戸藩士や公家らの捕縛が相次ぎ、西郷も対象外ではなかったからで、急遽、鹿児島への帰国が命じられる。西郷に関わりのある人たちの逮捕そして獄死があり、盟友であった橋本左内は斬罪に処された。身に危険の迫った西郷に対して、幕吏の追求が迫っていた月照の保護を近衛家から依頼される。こうなっては西郷自身の京都からの退去は不可避となった。西郷が将軍継嗣問題で名を知られるようになっていたからで、幕府側では西郷が井伊直弼体制打倒の諸藩士や浪士の首領格と見ており、その挙動が警戒されていた。

では何故、近衛家は月照の保護を西郷に延《ひ》いては島津家に依頼してきたのか。実は月照が塔頭《たっちゅう》（成就院）の住職を務める清水寺は法相宗に属し、寺務は成就院が担当し南都一乗院の支配下にあった。幕末になると近衛家ならびに孝明天皇の信頼厚い中川宮との関係を深めていったが、その近衛家は薩摩藩と姻戚関係にあった。また、中川宮は嘗《か》つて一乗院門主であった。月照はこのような近衛家との縁で近衛家への立ち入りを認められ、中川宮への立ち入りもできるようになっていた。ここに近衛家当主忠煕・中川宮・月照らとの繋がりが構築され、西郷もその一員となって京都で活動していたのである。

だが、帰国した西郷を待っていたのは藩論の転換による冷たい仕打ちであった。藩論の転換を招いた要因は、斉彬の急死と幕府の圧力、信頼を寄せていた家老鎌田正純の死去であった。それに一橋派および攘夷派に対する幕府の圧力が強まると、井伊直弼に迎合しようとする空気が藩内に広がり、斉彬派の家老が藩首脳部から追放された。

月照や西郷に好意的でない守旧派が藩権力を握っていた。そんな中での月照の日向行き（藩外追放）の藩命であった。前途を悲観した西郷は月照を抱えて鹿児島湾に飛び込んだが、月照が死に西郷は蘇生《そせい》するという皮肉な結果となった。その後、西郷は月照の後を追おうとしたが、それもできず生き永らえる途《みち》を選ぶが、近い将来、国のために尽くすことを目標に、暫し生き延びることとなった。

蘇生した西郷を待っていたのは奄美大島での流島生活で、藩首脳部の判断であった。安政五（一八五八）年十二月二十九日付の処分は以下のとおりである。西郷が存命であれば幕府との関係が煩わしくなるので溺死したことにする。死体の検分のための検使等を派遣してきたら、最近死去した罪人の死体を差し出す。西郷本人は名前を変え三島（奄美大島、徳之島、喜界島）の内へ移す。いつまでも在島では不憫《ふびん》なので、事態が落ち着いたら復帰させるという内容である。重要なことは島での生活費は藩の費用で賄《まかな》い、流島処分とはいえ罪人扱いではなかったことである。

安政五年十二月末に鹿児島を発った西郷の乗った船は天候不良のため引き返し、翌六年の正月を山川港に碇泊した船中で迎え、同月十二日に山川港を離れ、翌十三日に奄美大島の竜郷に到着した。ここから三年に及ぶ、菊池源吾と称しての島での日々が始まる。だが大島での生活は当初から戸惑いと苛立ちに満ちたものとなった。島民が向ける警戒心に嫌悪感を抱かずにはいられなかったが、支配者側の一員であった西郷に対する彼らの警戒は当然と言えた。

到着後、島の現状を見て西郷は藩の苛政に義憤を覚える。薩摩藩の奄美への砂糖生産が苛酷を極めたことは世に知られるところだが、極度の藩財政の悪化に直面するや増収に走ることになった。藩役人の監視の目は厳しくなり、黍《きび》横目などの島役人を置き、砂糖黍栽培の監督や密売の取り締まりが強化され、ついには三島での砂糖の専売制を敷いた。

これで藩はさらなる利益を上げることになったが、島民の生活は一層悲惨となった。島民の砂糖は法外に安く買い上げられるが、彼らの生活に必要な物品は法外な高値で藩から配当されていた。これに加えて、藩役人や島役人の圧政と私腹を肥やすためのごまかしが島民を苦しめていた。血気盛んな西郷が大島の現状に怒りを覚えたのは当然のことで、悪徳役人を懲《こ》らしめたとの話も残っている。

西郷は安政六（一八五九）年十一月、大島で世話をしてくれる龍家の親戚筋の娘愛加那《あいかな》を嫁に迎えているが、島刀自《しまとじ》（現地妻）を迎えるという程度の認識であった。大島在住の知人に宛てた書簡の中に、愛加那のことを「召し使い置き候女」と記してもいたのである。自分は罪人ではないという意識と、本来こういう所にいる人間ではないという不満が根底にあった。さらに新婚にもかかわらず復権への期待を抱き続けていた。復権して鹿児島へ帰ることは現地妻を捨て去ることを意味していた。

妻を迎えて間もなくのこと、大久保利通からの書簡で齎《もたら》された国元での政治状況の劇的な変化で喜びを露わにする西郷がいた。それには、十一月五日に藩主忠義から脱藩突出策を計画した同志に対して、いずれ時変が到来した節は、故斉彬の「御遺志」を受け継ぎ、藩主を先頭に立ちあがる覚悟でいること、および大久保らを「国家の柱石」と頼りにしている諭告書が出され、これを受けて脱藩を中止したことが報じられていた。また、自分たちの信頼する島津久徴《ひさなが》が家老職に返り咲き、島津豊後が退けられたことも報じられていた。

大久保らの脱藩突出計画が、密かに側近を通して藩主に伝えられると、それを阻止するために諭告書が交付された。事前に相談を受けていた西郷は大久保らの計画に反対していたが、藩主は突出策を義挙と認めたのである。それと遠くない将来、薩摩藩が国事活動に乗り出すことを約束した。久光父子は斉彬の御遺志に基いて今後行動することを誓ったのである。しかも、同志は藩主父子に誠忠組の首領として西郷の名前を挙げた。

しかし、西郷の期待は叶うことなく、日時ばかりが過ぎ去っていく。大島での生活が三年目に入った文久元（一八六一）年ごろには半ば諦め気分が漂い始めていたが、年の初めの一月二日に最初の子である菊次郎が誕生していた。子の誕生が西郷を諦めの境地に入り込ませたかに思われたが、その年の十一月にようやく帰藩命令が出された。皮肉にもその報せが届いたのが、竜郷に新築の家が建ち、親子が引っ越した翌日のことであった。

帰藩命令

文久二（一八六二）年、西郷は奄美大島で最後の正月を妻子と過ごし、二月中旬に鹿児島に帰着した。三月中旬に御徒目付《おかちめつけ》に復職したが、藩命により大嶋三右衛門と称することとなった。帰藩を許された理由は、西郷が首領と目されていた誠忠組が藩権力を握ったことを受けて、彼に国事周旋の補佐をさせるためである。

それ以前、誠忠組の実質的主導者であった大久保は、島津久光に面識を得るために接近工作を執拗に試み、それについに成功し、誠忠組による藩政の掌握を実現する。斉彬没後、再度藩権力を握っていた斉興が安政六（一八五九）年九月に死去すると、同年十二月に息子忠義から藩政の補佐を依頼された久光の出番がやってくる。

その久光に万延元（一八六〇）年三月、大久保は面会し自分たちの思いを直接伝えることに成功する。翌文久元（一八六一）年四月に久光が「国父」として藩の最高実力者の座に就くと、誠忠組に我が世の春を謳歌する日々が訪れる。

久光が島津家一門の手から藩政の主導権を奪う最初の一手が、首座家老の島津豊後を退役させたことである。代わりに斉彬に重用された島津左衛門（久徴）が首座家老となった。これに次いで、誠忠組の同志が藩政の中枢に進み、藩内の主流派の位置を占めることになった。五月に各々側役と小納戸頭取に任じられていた小松帯刀《たてわき》と中山中左衛門が新任の家老を補佐し、誠忠組の大久保や堀次郎・吉井友実らが支えるという構想であった。

順調な久光の船出のはずであったが、思わぬ対立が生じることとなった。久光の率兵上洛問題が発端であった。故斉彬の「御遺志」を実行するとの名目の下、薩摩藩が主導権をとって良好な関係とは言えぬ朝廷と幕府の間を取り持ち、両者の合体による挙国一致体制の構築を目指すものであった。

久光が率兵上洛という大胆な挙に打って出ようとしたのは、井伊直弼の暗殺後、旧来の政治体制の存続が不可能となる中、王政復古に向かう風潮を押し止める必要が生じたためである。王政復古になれば、封建領主の存在を否定されかねないからだ。それを恐れる久光は事態がそこまでいかないように、公武間の関係の修復を図らねばならないと考えていたことによる。

その他にも懸念事項があった。長州藩が直目付の長井雅樂《うた》を上洛させ、次いで江戸に向かった長井が朝廷と幕府の関係修復に乗り出していたので、薩摩藩としても遅れをとるわけにはいかなかった。大久保らに脱藩突出策の中止を求めた際、近い将来の京都への出兵の可能性を匂わせていたこともあった。また、幕府機構の改革なくして幕藩体制の存続はあり得ないと認識していた。

それで東上するにあたっての準備として、小納戸役に抜擢した堀次郎を江戸に派遣し、藩主忠義の参府延期を実現する活動に従事させ、久光が忠義に代わって参府する口実をつくろうと画策した。また、大久保を京都に派遣し縁家の近衛家を通じて、久光に率兵上洛と京都に滞在して朝廷の守衛を命じる勅諚が下る活動に従事させていた。

その甲斐あって、文久二（一八六二）年一月に久光の出府が幕府によって認められ、来たる二月二十五日に鹿児島を出発することが藩内に布達された。これに待ったをかけたのが日置派で、日置の領主であった家老島津左衛門（久徴）以下、同派に属する藩士が久光の東上に反対した。いま久光が東上しても成功は覚束《おぼつか》ないとして自重を求めたが、久光は島津左衛門を罷免し、同派に属する藩士に閑職へ配転させられる者も出る事態となった。

この対立をさらに激化させたのが誠忠組の過激派であった。有馬新七に代表される過激な挙兵即行論者たちで、藩主の諭告書が出されたのを受けて、脱藩突出策を中止した大久保らに批判的であった。突出策を捨てきれない者たちであった。

混乱が激化してきたころの文久二（一八六二）年に西郷は戻ってきたが、状況の酷さに当惑した彼は事態収拾に乗り出そうとはしなかった。しかし、いつまでも隠れているわけにもいかず、自分の考えを表明せざるを得なくなったが、西郷の考えは久光によって排除された日置派の立場を支持するものであった。誠忠派の推進していた久光を担いで東上する策は、成算のない無謀な計画としか思えなかった。

小松帯刀邸で行われた二月十三日の会合で、大久保ら東上推進派から意見を求められた西郷は、付け入る隙を見せぬ口調で論述した。幕政改革を命じる詔勅を得るには、朝廷関係者に有力な縁故者がいなくてはならず、老中が承諾する見込みがなければならない。その点の対応はどうなっているのか。だが、小松・大久保・中山からはまったくの手付かずとの答えしか返ってこなかった。

ここで西郷は畳みかけるように追及を強める。幕府側が勅命に応じない場合はどうするのか。応じない場合、幕府側を「違勅の罪」で責めざるを得なくなり、禁闕《きんけつ》保護のため多くの兵士を京都の藩邸に留めなければならない。それと同時に京都所司代の追放にも着手することになるが、これらのことはどういう方針なのかと問い詰めたが、三人は沈黙するしかなかった。手を緩めぬ西郷に以前より折り合いの悪かった中山中左衛門は、気分を害し早々に引き上げ、その有様《ありさま》を言上するため久光の邸に向かった。

大久保らがこの有様ではあとは久光に直接聞くしかないと、西郷は面会の手配を頼んだが、もうその手配済との返事であった。二月十五日、西郷は久光に呼ばれて謁見した。会見の場所は、本丸の表書院付属の小座敷であったとある。

危機感を持った西郷は配慮もなく久光に立ち向かい、思いのままに自説を開陳し、久光の東上計画を「甚だもって疎事の御策」と批判した。その批判の内容とは、当時の武家社会で最も重視された官位を有しておらず無位無官の久光には中央政局で発言する資格が備わっていない。また、藩主でもなく、参勤交代で江戸へ行き同地で政治活動の経験もなく、有力諸侯や老中らとの交流の体験もない久光が東上しても目的を達することは大変難しい。「ここで憚《はばか》るところなく申せば久光様は地五郎、つまり田舎者である」と言い切ったのである。

斉彬の死をお由羅派による毒殺、と疑う西郷にとって久光は敵の片割れであったので遠慮がなかった。さらに、いまやるべきことは国内では、藩内の人心の一致を図ることであり、藩外では大藩の有力諸侯と連携して協力態勢を築くことであると直言した。

久光は何とか西郷を翻意させ、彼の手腕と経験を役立てたいと思ったが、なにせ西郷は全藩の人望を集めているので、二月二十五日と決まっていた東上の出発日を三月十六日に延期し、打開策を問うた。西郷は上策は参府中止、下策は藩の汽船で関東に直行なさることだと言った。「陸路で行けば必ず京都で事が起こります。行かないのが一番よいが、行かれるなら海路直行なされば災害が軽くて済《す》みます」との見通しであった。

久光は中山からの情報もあり、異母兄斉彬の腹心の部下で人望ある西郷を警戒し、それが高じて鬱陶しい存在に思えてきた。西郷も斉彬の急死を久光派による毒殺との考えに固執していた。それ故に、久光に対しても遠慮のない対応をしたのである。

久光との会見の後、提言が容《い》れられないことが分かると、西郷は湯治という名目で指宿《いぶすき》の温泉に行っていたが、二週間ほどで帰ってきた。これは大久保からの帰還要請があったからである。というのは西郷の不在中に、諸藩の有志が続々と鹿児島に集結していた。九州路から長州方面にかけて、薩摩の中央乗り出しが攘夷派の志士らによって喧伝されていた。集まった志士の中でも、とりわけ長州からは藩命をもって非公式ながら藩の使節としてきていた。

久光の中央乗り出しは掛け声だけに過ぎないのに、凄まじい反響に驚いた大久保は西郷に帰ってきてくれと促した。西郷の帰還を確認すると大久保は久光に会いに行き、攘夷派浪士の鎮静のために西郷の出馬の許可を願い出た。大久保が切望して止まないので、久光も全藩の人望の集まっている西郷を全く使わないのは藩内に対して具合が悪い、と考え直してこれを許した。西郷と島津左衛門が久光の中央乗り出しに反対していることは分かっていたが、浪士鎮撫を命じて西郷の力量のほどを見てやろうという気持ちになっていた。

不穏な情報が入ってきていた。京周辺に尊王反幕の過激派が潜行・結集しつつあり、久光の上洛を利用して温めていた挙兵計画を実行に移そうと時期を窺っているという。江戸や京都で要人を襲撃し、攘夷の魁《さきがけ》たらんと待ち構えていた。

想定外の成り行きに驚いた薩摩藩要路は、挙兵論を鎮める必要に迫られていた。そこで大久保が中心となって、諸藩の攘夷派に声望の高かった西郷の力を借り、挙兵を中止させるしかなかった。ようやく久光の諒解を取り付け、西郷が久光らに先だって鹿児島を出立し、九州諸藩の形勢を視察、有志に説諭を加え自重を促しつつ、下関で久光一行の到着を待つことになったのである。

しかし、西郷が下関で耳にしたのは一部過激派の決起寸前の情報であった。過激派浪人たちが自分を当てにして、生国《しょうごく》を捨て父母妻子と別れてきた死地の兵、ということを西郷は知っていた。それ故に西郷は彼らを見捨てることができず、大久保に置手紙を残し、久光の命令を無視して大坂へ向け下関を出立した。己の身を死地に置かねば彼らの理解を得られないことを分かっていたからだ。

そして期待どおりに過激派の行動を鎮静化させたが、この西郷の行動が久光を怒らせた。結果的に久光の上洛も中止せざるを得なくなったことは当然だが、それよりも書置きさえ残していかなかったことが激怒の原因であった。ここで大久保の保身的姿勢が明らかになる。久光の怒りの激しさに、預かっていた西郷の手紙を見せなかったのである。見せれば西郷との打ち合わせ内容を久光に知られ、久光側近としての現在の地位を失うであろう。それを恐れたが故に、置手紙を握り潰した。

そのころ、薩摩藩の有馬新七ら過激派と諸藩の攘夷派志士が、京都伏見で藩兵千名を率いる久光の入京を待ち構え、挙兵討幕の機を窺っていた。志士暴発の噂に久光は大久保らを派遣し藩士を抑えようとしたが、説得できず藩命に従わぬ者を上意討ちにした（寺田屋事件）。藩主の諭告書を貰って脱藩突出策を中止した大久保らを批判していた有馬が、久光側となった大久保の説得を聞くわけはなく、大久保も有馬を本気で説得するはずがなかった。

この上意討ちの噂は西郷にも漏れ伝わっていて、それが久光への警戒心となった。久光の激怒を招いた原因は旧同志の讒言《ざんげん》、それも堀次郎と海江田信義によるものと確信していたが、実はもう一人その列に加わった者がいた。それが大久保で、西郷の独断専行を庇《かば》うこともせず、堀と海江田の讒言を見て見ぬ振りをした、と大久保自身の日記にそのような内容の記載が残されていた。幸か不幸か西郷がそれを知ることはなかった。

西郷は自分に下された罪状に納得していなかったが、敢えて弁明もせず伏罪する姿勢を示したことで久光の怒りはようやく鎮まった。帰国後の文久二（一八六二）年七月初旬に徳之島、さらには八月半ばに沖永良部島への流罪が命じられた。

二度と本土の地は踏ませぬ。終生遠島を意味する沖永良部島への配流、という処分に久光の強い思いが込められていた。久光の西郷への警戒心は解けぬままであったが、いくら憎い西郷でも久光は殺せなかった。その後もこのような状態で時が推移していったが、時代の要請が政治の舞台への西郷の再登場を用意していたことを歴史は証明している。

復権

一年半に及ぶ沖永良部島での生活に終止符を打つ、召還の報せが西郷に届いたのは元治元（一八六四）年二月二十日のことで、使者は吉井友実、弟の西郷信吾（後の従道）と福山清蔵であった。西郷を乗せた藩船は翌日出帆、二十二日に竜郷に到着し数日逗留したが、これが島刀自であった愛加那との最後の日々となった。島刀自とは在島期間中だけの夫婦関係で、鹿児島に連れて帰ることは許されぬ決まりであった。

二十六日奄美大島を発った西郷は、喜界島に立ち寄らせ、村田新八を赦免状が出ていないにもかかわらず伴い、二十八日に指宿の山川港に到着した。このときの西郷は沖永良部島での罪人生活で足・腰・膝を弱らせていて、自宅まで歩けないほどであった。遠島処分中であった西郷は、その間に起こった生麦事件も薩英戦争も知らず、関与できなかった。

自宅にいること四日の三月四日に鹿児島を発って、十日後の同月十四日に上洛し、十九日に軍賦役兼応接係に任ぜられた。政治・軍事上の実質的支配権を与えられたに等しい地位であった。上洛後の西郷は異例の早さで出世していった。徒目付から一代新番に家格が上がり、小納戸頭取・御用取次見習に昇進する。同十月には側役となったが、これは家老に次ぐポストであった。

異例の出世を遂げる西郷であったが、人が変わったのではないかのような印象を与えていた。久光との会見でも、慎重・無難な対応で切り抜ける。それからも冷静沈着な態度を貫き、藩を背負って立つ島津の顔となり、西郷の名声は武士たちの間に広がり、一躍時の人となった。

政治改革に燃え京都の政界へ乗り込んだ久光であったが、有力諸侯の反対意見を抑え込むことができず、志半ばでこれを断念し帰国する。その後の久光は国事に奔走する西郷を見守るしかなく、その働きぶりは久光でさえ評価せざるを得なかった。しかし、まだ警戒を緩めることはできぬ。心からの反省をしているわけではなく、謝ってもいない。ただ従順を装っているだけであった。西郷は久光の手の届かぬ遠いところへ行ってしまった。

久光の不安は現実のものとなりつつあった。あれよあれよという間に、西郷は武人の最高位に登っていたのだ。明治元（一八六八）年一月三日の鳥羽・伏見の戦いで薩摩軍を率いて幕府勢に勝利すると、東征大総督府の下参謀（実質上の参謀で司令官）となった。同年四月十一日に幕府の軍事総裁である勝海舟との会談により、江戸城を無血開城して徳川幕府を滅亡させ、次いで五月十五日、幕府方の残兵からなる彰義隊を上野戦争で破った。

五月末、江戸を出帆して京都に到着、大総督府で戦況を報告。六月九日、藩主忠義に随《したが》って鹿児島に帰り、暫時休養することになった。だが、北越戦争に赴いた北越道軍の戦況が思わしくなく、西郷の出番となり薩摩藩北陸出征軍の総差引（司令官）を命ぜられた。

新政府軍に連戦連勝を誇った庄内藩も、奥羽越列藩同盟の盟主である仙台藩、会津藩が降伏すると九月二十七日に降伏し、東北戦争は新政府の勝利で幕を閉じた。西郷は総督府下参謀の黒田清隆に指示して、庄内藩に寛大な処分をさせた。この後、西郷は庄内を発して東京・京都・大坂を経由して鹿児島に帰った。ここに新政府軍の勝利に多大の貢献をなし、維新回天の英雄・立役者となったのである。


その後も西郷は久光の言動には神経を使っていた。久光への対応の事例としてまず挙げられるのが、江戸城無血開城・戊辰戦争の英雄として、西郷の声望が弥《いや》が上にも高まっていた明治初年六月、新政府の要請にもかかわらず要職に就くことを拒否したことであろう。

何故そうなったかだが、西郷本人の仕官嫌いの性格もあったには違いないが、それよりも諸藩の薩摩藩への嫌疑を避けようとしたためである。当時薩摩が幕府設立を企んでいるとの風評が流れていて、久光も密かにそれを望んでいた、と窺われる節があったからだ。それを西郷が先手を打って否定する行動に出た。

それと、すでに新政府入りしている大久保に加え自分まで中枢に座れば、新政府を薩摩が牛耳っているという諸藩の嫌疑がますます深まる。そう読んでの帰国であったが、それよりも西郷が帰国に踏み切ったのは、久光の存在を無視できなかったからだ。新政府入りすれば「朝臣身分」となり、「藩臣身分」として自己の管理下に押し止めておきたい久光の反発を招きかねない。その懸念が西郷に伸《の》しかかっていた。戊辰戦争・維新の英雄、と世間の認める声望ある人物となってしまった西郷を、いまは邪推の目でしか見れなくなっていた久光である。それ故に、西郷は鹿児島に引っ込むことで他意はないことを示そうとした。

しかし、西郷の気配りも続々と帰郷してきた配下の兵士たちの言動によって、思わぬ展開となった。帰国してはみたが、旧態依然たる藩内の状況に怒りを抑えられなくなった凱旋兵士が、改革を強硬に要求し、それが藩政掌握を意図するものであったため、久光との関係が再び険悪なものとなったからである。兵士の背後で西郷が糸を引いている、と久光は見ていたので、何をやっても良く思われるはずはなかった。

　西郷を信奉する凱旋兵士たちは、西郷の心強い味方となり、藩の執務役（後の大参事）となった西郷が藩政の改革をやりやすいように背後で後押しした。西郷も兵士たちの圧力を上手く利用し、改革を推し進めていく。中でも重要にして画期的な出来事が、下級武士たちが幕府方との戦いに反対した守旧派を藩政の要職から引きずり降ろしたことである。彼らへの大々的な批判を展開し、藩主島津忠義の面前での対決で、守旧派を詰問・論破し、藩政の要職から退場させることに成功していた。

　戊辰戦争のときに出兵反対の中心人物であった、久光の次男島津久治（図書《ずしょ》）が兵士たちに糾弾され家老を辞職している。その影響もあったであろう、精神的に追い詰められた彼は三年後の明治五（一八七二）年にピストル自殺する。久光は下級武士たちに絶大な人望のある西郷に久治の救済を求めていたが、救えなかった西郷に悪感情を抱き、二人の関係は悪化していった。事ここに至って、守旧派にとって数に勝る下級武士たちは警戒すべき敵となり、彼らの信奉する西郷も明確な敵と位置付けられた。

　守旧派と凱旋兵士との緊張状態が続く明治二（一八六九）年六月、西郷に新政府よりの詔書をもって官位の昇進と賞典禄の下賜を告げられたが、それが藩主島津忠義の従三位より上位の正三位であった。露骨に自分を疎《うと》んじる久光との関係に苦慮していた西郷は、躊躇なく藩主より上位の位階を理由として、官位と賞典禄を辞退した。官位などに興味がなかったことと、封建的身分制に基づく主従関係を打破する考えが西郷になかったことを辞退が証明していた。ついで翌明治三(一八七〇)年一月には大参事をも辞任する。

尚も執拗に西郷を攻撃する久光であったが、彼の不満と不信は明治新政府へも向けられていた。それは西郷と同時期の官位昇進(権大納言従二位)と賞典禄の下賜に対する、即座の辞退表明となった。

朝廷は何とか久光を召し出すべく、勅使派遣という手を打ってきたが、それも功を奏したとは言えぬ結果となった。その当時、反政府機運の高まりもあって、久光と西郷の登用の声が高まっていたのである。

二人の上京要請には反政府機運の高まりという理由の他に、もう一つの差し迫った問題があった。政府の会計・財政を掌握していた会計官大隈《おおくま》重信らの推進する急進的な開化政策を支持する木戸孝允と、それに反発する大久保利通らとの、新政府内部の対立が深刻な状態に陥っていた。民部・大蔵両省を抑えた大隈らは財政安定化を急務として、府県から の租税収奪を強行し、府県との対立が激化していた。それに連動するかのように、増税に反対する農民闘争が全国各地で頻発する事態となっていた。

反政府機運の全国への広がりを抑え込み、政府高官の対立を解消するには、最大の軍事力を持つ薩摩藩の武士の頭領西郷隆盛と、国父島津久光を新政府内に迎え入れ、政府の安定化を図ることが肝要と二人に期待する人々が動いていた。

しかし、久光・西郷登用の企ては薩摩藩の内部事情によって実現しなかった。久光父子の不機嫌と逆鱗に困惑した藩政を担う大山綱良の要請を受け、西郷が意を決して大参事職に就く腹を固めていたからだ。明治三（一八七〇）年七月に西郷が同職に就いたことで、鹿児島は何とか小康状態を保つことになる。

それでも久光の猜疑《さいぎ》と憎悪は消えることなく、西郷一人でそれを受け止めていた。何とか西郷が平静を保ち得たのは、彼に対する藩外での声望の高まりが、心の慰めになっていたからではなかったか。他人から慕われることを喜んだ西郷にとって、鬱《うつ》散じの効果があったのは間違いない。

久光や西郷の登用で窮地を乗り切ろうとする新政府高官の思惑も、福岡藩の贋札《がんさつ》問題の処理の失敗でさらに困難なものとなってしまった。久光父子の命令を受けた西郷が、大参事就任間もない七月下旬福岡に出向き、親戚大名の黒田家を救おうとしたが、それも叶わなかったのである。

福岡藩前藩主の黒田長溥《ながひろ》は島津家出身で、薩摩藩には斉彬の跡目継承などに尽力してくれた恩義があった。西郷の尽力も虚しく、福岡藩は贋札問題の法令順守のための見せしめにされる。翌明治四（一八七一）年七月に同藩大参事立花増美らは斬罪に処され、藩知事黒田長知は罷免・閉門となり、知藩事を免ぜられた。

累が藩主父子に及ばぬように、との西郷からの要請を大久保は受けていた。西郷からの頼みと長溥公への恩義は重々承知していたが、法令違反が明らかな福岡藩を槍玉に挙げ、諸藩への警告とすべきと主張する木戸とは意見の相違はなかった。大久保は大局的見地から柵《しがらみ》を断ち切って処罰を断行した。

それの反発もあってか、薩摩藩は明治三（一八七〇）年九月、東京に派遣していた千名余の藩兵を交代の兵士を待たずに帰国させた。これは西郷の政府批判と連動していて、そのころの西郷は強烈な政府批判者になっていたのである。

「朝廷の役人が月給を貪《むさぼ》り、大名屋敷に居住し、何ひとつ政策面でのさしたる成果を上げていない。自分にこのような政府に仕えろということは、泥棒の仲間になれと申すようなもの」と批判していたからである。岩倉具視以下大久保や木戸らによって構成される政府に、西郷がひどく幻滅し不信感を強めていたことは紛れもない事実であった。

大参事となった西郷は彼を支える権大参事に親西郷派を多数起用し、藩の職制・禄制の改革、家格の廃止など士族身分に関する変革、軍備の改編、神仏分離、学制改革などに取りかかった。とりわけ、家格の廃止によって、武士はすべて士族となり、外城士《とじょうし》（郷士）は城下士と同格とされ、私領主の家臣（陪臣）は直臣（外城士）に編入された。

同改革では一門以下の禄高を削減したのに対して、一般諸士は定限二百石と定め、それ以下には削減を及ぼさず、下級武士への優遇措置がとられた。何よりも戊辰戦争に多くの下級武士が積極的に参加し、命を投げだしたことで旧幕府方との戦闘に勝利を収めた、という強い思いが西郷にはあったので、この優遇措置となったのである。

それによって、士族の数が急激に増加することとなり、久光やその側近（その多くは門閥守旧派）らを刺激し、西郷と彼らの対立は激化していった。守旧派の総帥久光は幕府独裁政治の継続は拒否しつつも、王政復古は受け入れておらず、封建体制の存続を望んでいた。優秀な下級武士の登用は認めるも、門閥制度そのものの存続は維持する姿勢を堅持しており、封建的身分制度の廃止などの、革命ではなく限定的改革に留まっていたのである。

西郷による優遇措置が下級武士たちの西郷支持を一段と鮮明にし、彼らとの強い結び付きとなったが、それは彼らを西郷が責任をもって見なければならないことを意味してもいた。結果的にポリス（巡査）への鹿児島士族の積極的採用や、台湾出兵への同意、延いては征韓論的主張と結び付くようになっていく。いくら西郷でも鹿児島県の経済能力では、配下の下級武士たちの面倒をみることはできないことは分かっていたので、国に期待するしかなかった。これがまた、木戸をはじめとする長州人士の反発を招くことになった。

下級武士たちの圧力によって劣勢となった久光とその側近たちは、失地回復とばかりに西郷の藩政の粗探《あらさが》しに注力し、それを見つけ出しては攻撃を繰り返していた。その執拗さにさすがに西郷も困り果てていたが、何よりも久光との関係の悪化に苦しんでいた。その胸中を吐露する盟友桂久武への書簡が残されている。

久光との確執に苦しみ、行き詰まっていた西郷の局面を転換させたのが、明治三（一八七〇）年十二月十八日の天皇の勅使岩倉具視の鹿児島来着であった。岩倉の鹿児島入りは薩長を中心に幕府を打ち倒すのに重要な役割を担った諸藩を再結集し、反政府運動を鎮め政府体制の強化を図るためで、久光と西郷の上京と新政府入りを要請するものであった。

機運が熟したならば傍観者的な立場から離れる、と宣言していた西郷である。新政府が自分の意見を全面的に採用してくれるのであれば、政府入りの条件が整ったことになる。

そのとき、岩倉へ西郷が主張した重要な項目は、「陸海軍の保持は必要だが、一年間の国家予算の制限内の軍備充実であるべきで、また、財力を省みず急進的な欧化政策に走るべきではない。そして、何よりも心掛けねばならぬのは、政府の要路者は驕奢《きょうしゃ》、贅沢な生活を送ることは止め、質朴の風を守るべきというもので、とりわけ政府の要路者は私利私欲の念を蟬脱《せんだつ》し切るべきである」というもので、これは西郷の生涯を通しての信念であった。

西郷の意見具申に対して、岩倉が即座にこれを受け入れたことで、西郷の新政府入りが決まった。

新政府の予《かね》てからの要請にこたえるものであったが、西郷にとっては渡りに船の岩倉の登場となった。鹿児島における久光とその側近との抜き差しならぬ対立によって、西郷は追い込まれていたからだ。また、西郷自身が新政府入りすることで、本人も下級士族たちの就職先を確保しやすくなったと考えたのであろう。その候補のひとつが警察であった。

岩倉は久光から西郷の上京承認と、久光本人の明春の上京の約束を取り付け、西郷からは藩兵を東京に派遣するとの回答を得ることに成功した。

入閣

成功裏に勅使の役目を終えた岩倉は、西郷と鹿児島に戻っていた大久保を伴って、明治四（一八七一）年一月三日に鹿児島を発ち山口へ向かった。山口入りして直ぐに、木戸・西郷・大久保三者の会談があり、国家体制の急進的集権化の方向性が打ち出された。即ち藩の存在は認めつつも、独自性は制限することと、改革を遂行するために軍事的保障として、雄藩の兵士一万人の政府直属（親兵）の方針が決定した。これに土佐藩を加えるために西郷は木戸・大久保とともに高知に向かい、土佐藩関係者の賛同を得る。

二月二日、東京に到着した西郷は、長・土両藩の代表者を伴って太政大臣の三条実美を訪れ、三藩の合意方針を伝えた。その後、久光に大改革実施のため親兵を引率して至急上京せよ、との勅命を伝えるため国元に戻った。久光は病床にあったので、忠義が父に代わって西郷とともに、藩兵三千名を率いて鹿児島を発ち、四月二十一日に東京に着いた。

大久保が山口から戻るのを東京で待っていた西郷は、政府の基礎を確固たるものにするには木戸を首班として、他の有力者が各省のトップに就いて、木戸を支える体制を作るべきと提案する。大久保は同意したが木戸がこれを拒否し、西郷が参議に就くならばという条件を出してきた。木戸としてみれば、戊辰・維新の立役者は自分ではなく西郷と認めていたので、彼を差し置いて一人参議になるわけにはいかなかった。西郷も諒解し、二人が参議に就任することで折り合いが付いた。

しかし、政府の基礎を確固たるものとするために避けて通れない難題が廃藩問題であった。その必要性を多くの者が認識していたが、大きな壁が横たわっていた。他藩に比べ士族の数が断然多い薩摩藩の存在であった。薩摩の士族の頭領が西郷である。その西郷に廃藩の必要性を言上したのが、長州藩の山県有朋であった。西郷の諒解を取り付けなければ前に進めなかったからである。

下級士族の優遇策を採用したことで、薩摩藩では士族の数が飛躍的に増えたが、廃藩を実行すれば職を失う者が多く出ることは明白であった。山県は西郷が異を唱えるであろうと観念していたが、意に反して西郷の答えは同意であった。というのも、外国と対峙するには藩を廃し、中央集権国家を樹立することが逆らえない時代の流れ、と冷静に受け止めての決断であった。

版籍奉還の発令で、封建的領有制を解体する方向性が打ち出されていたことと、膨大な数の鹿児島士族の給養を保証することは、薩摩一藩の力ではもはやどうにもできないことを西郷は分かっていた。そこで主導権を他藩に奪われず、これからも自分たちが保持し続けるには、率先して廃藩を実行しなければならないと考えたのである。

西郷の思惑は別として、彼の同意を得られた時点で廃藩置県の実行が可能となった。それと諸藩が抱えていた膨大な借財を、政府が肩代わりすると表明したことも、廃藩置県が予想に反して容易に行われたことの要因であった。

封建制から立憲制への移行は避け難い、と西郷が認識したことで廃藩置県という政策を打ち出せたのだが、廃藩置県に舵を切った西郷へ、不満を抱えた久光および側近たちは激しい憎悪を浴びせかけてきた。

新政府入りし、日本の統治責任者の座に就いた西郷は、出身藩の権益を擁護することに努めるわけにはいかなかった。それが封建国家から中央主権的国家体制へ転換させることの同意となった。そして、立場上、西郷は封建体制を短時日のうちに解体する、主役的な役割を担うことになってしまったのである。

この西郷に、天皇を実質の伴う政治君主として担ぐ強力な中央集権国家の樹立までは望んでいなかった久光が嚙みついた。彼はあくまでも武家による統治、つまり藩体制の存続を願っていた。それ故に、廃藩置県が実施に移されると激怒した。

二年前の明治二（一八六九）年の版籍奉還によって、藩国家の明治政府への編入という重大な変化があったが、そのときは久光は怒ったものの、怒りを爆発させないで済んだ。というのも久光の怒りを買わぬようにと、大久保が考えついた弥縫策《びほうさく》の結果であった。版籍奉還後も藩主をそのまま知藩事に任用するように、強圧的な政治力で要求を押し通したのである。だが、今回はそうはいかなかった。版籍奉還時には容認された藩体制が否定されたからである。

久光の怒りは、明治四（一八七一）年七月十四日の廃藩の決定と実施によって一気に爆発した。憎悪のような激しい怒りは中央政府高官たち、中でも西郷に集中的に向けられた。廃藩置県の情報を得た久光は憤懣《ふんまん》を解消できず、一晩中邸内で花火を打ち上げさせた、というエピソードが残る。

これに刺激され、西郷に危害を加えようと企む側近もいたが、その西郷を護ったのが配下の兵隊たちであった。数の圧力の前になす術もなく、久光たちは怒りを鎮めるしかなかった。それもあってのことであろう、西郷は鹿児島士族の救済に熱心に取り組まざるを得なくなった。その一方で、久光の廃藩置県に対する不満は世間一般に広まってしまった。西郷の恐れていたことである。

廃藩置県断行後の四か月余が過ぎた明治四（一八七一）年十二月初め、西郷を困惑させる情報が鹿児島から舞い込んできた。久光が突如、鹿児島県令への就任を志願したとの報せであった。これは廃藩置県後の新政府にとって憂慮すべきことであった。廃藩後も例外的存在であり続けた鹿児島県で、旧藩支配者が特権的地位に就く特例を認めれば、他県から同様の要求を阻止できなくなるからである。

西郷は久光の県令志願を「なんの訳もなく」と酷評していたが、久光の真意は廃藩置県で生活の途を閉ざされた鹿児島県士族の騒動を抑えるため、自らが県令に就くことを希望したと推察されるという見方もある。その久光の胸の内が記されているという、子息忠義宛ての書状が残されている。

国父久光の県令志願という事態に西郷が動く。三条実美に内情を説明し、三条の力で不許可に持っていこうとした。三条も西郷の期待に応え、久光に同意する県参事大山綱良の建白書を携え上京してきた権大参事の大迫貞清を説諭し、建白書の提出を断念させた。

県令志願は、欧米諸国との条約改正を目的とする岩倉使節団が出発した十一月十二日の二十日ほど後のことであった。新政府には岩倉も、木戸も、大久保もいない。彼らの留守を承知のうえで、残留組のトップ西郷に難題をぶつけてきたが、三条の説諭の前に大迫貞清も退くしかなかった。

使節団出発後の国内の政治状況は、久光の県令志願を例外として、厄介な問題は発生していなかった。明治五（一八七二）年に入ってもその状況は維持され、目立つ動きとしては一月から二月にかけて、旧幕関係者の赦免措置がなされたことぐらいであった。一月六日に徳川慶喜が従四位に叙せられて無位無官の身から解き放たれ、朝敵とされていた松平容保《かたもり》や永井尚志《なおゆき》らが罪を許されている。

ところが半年ほどが過ぎると、大蔵省の問題や近衛兵の問題が表面化してきて、風雲急を告げる事態となった。大蔵省をめぐる一件とは、各省の予算請求とそれを抑制しようとする大蔵省との間に激しいぶつかり合いが生じ、国家の最高機関であるはずの正院に権限が付与されていないため、各省間の混乱を解決できないという欠陥を抱えていた。

もう一つの問題は、鹿児島出身の近衛兵と陸軍大輔《たいふ》兼近衛都督の山県有朋との間のトラブルであった。近衛兵が山県の進める兵制改革に反発し、司令官である山県の排斥運動を起こしたのである。反発の原因は長州藩出の山県が、フランス式の階級制を軍隊に導入しようとしたことにあった。将校と下士・兵卒間に階級差と給与差をつけることで近代的な軍隊組織に改めようとして、薩摩出身の近衛兵の猛反発を受けていた。

これに山城屋和助事件に代表される山県に纏《まつ》わる疑惑（陸軍省公金の不正流用疑惑）が関わって、混乱に拍車をかけてしまった。薩摩の武士は元々裕福ではなく、そうであるが故に金銭には細かく、維新後それなりの立身を遂げても変わらず、他藩出身者からあきれられるほど金銭の授受には慎重であった。それに引き換え長州藩出身者は大胆で、井上馨などは西郷から三井の番頭さんと揶揄されるほどで出入り業者と癒着していた。それは山県にも通じる点で、それが山城屋事件となったのであろう。

天皇の西国巡幸に同行していた西郷は、四国の香川で近衛兵が不満を爆発させたことを知り、急遽朝命により東京に戻り弟従道とともに、近衛兵の暴発の鎮静化に努めることになった。この一件は山県が近衛都督を辞職し、西郷が陸軍元帥兼近衛都督に就くことでひとまず収まった。

西国巡幸は全国の不平士族、中でも鹿児島の島津久光の廃藩への不満を解消すべく、天皇への西郷からの要請によるものであった。ところが、天皇の鹿児島滞在中に久光が行在所《あんざいしょ》を訪れ、政府の推し進める急進的開化政策に疑問を呈する建白書を提出、さらに西郷・

大久保両人に対する批判を宮内卿兼侍従長の徳大寺実則に向かって吐き、論争となった。勿論、第一の標的は西郷であったが、西郷ならびに大久保を罷免しなければ、自分の上京は叶わぬと言い出したのである。鹿児島帰省中にもかかわらず、主君に顔を出さぬ不忠者と怒り心頭であった。久光の怒りもむべなるかな、薩摩藩出身の新政府出仕の者が、誰も挨拶に出向かなかったのも事実である。収まらぬ久光は太政大臣の三条にも西郷を非難する書簡を出している。

それを見せられた西郷は驚き、それが帰国へと繋がった。久光へのお詫びのためであったが、久光側近の西郷追い落としの活動も活発化していて、一刻も早く帰国せねばならぬ状況になっていた。この慌てふためいての帰国騒動が、西郷が名目的には天皇を国家君主と尊重しつつも、実質的に藩主を支配の頂点とする幕藩体制を重んじる姿勢を、図らずも世間に曝すこととなってしまった。

ただ、当時の実態は、天皇制の最盛期であった昭和十年代のような天皇上位ではなく、天皇と藩主を並存的関係と捉える向きが大勢で、その最たる人物が薩摩藩の実質的権力者の久光であった。実は西郷も久光と変わらぬ見解の持ち主で、廃藩置県後の鹿児島が、中央政府の統括下に編入されなかったのには、西郷のそのような姿勢が影響していたのは否定し難い。鹿児島県政は相変わらず同県人の手に掌握されていた。

明治五（一八七二）年十一月、西郷は鹿児島に戻ってきた。そして、久光宛ての謝罪状を半強制的に提出させられる。謝罪は行幸中に一度も久光を表敬しなかったことを、朝臣身分に甘えた忘恩の行為と詫びるものであった。

そのときに十四カ条に及ぶ詰問を突き付けられている。謝罪状を提出して後、西郷は半年近く東京に戻ることはなかった。久光への忠誠を示すには、それなりの期間、鹿児島に留まることが必要と判断した。藩臣としての立場を尊重していることを見せるための滞在でもあった。それともうひとつの理由は、家族と過ごす時間を必要としていたからだ。藩命で奄美大島に潜伏中、島刀自（現地妻）との間に生まれた庶長子の菊次郎（鹿児島に呼び寄せていた）と、慶應元（一八六五）年一月二十八日に再婚した御家老座書役岩山八郎太の二女糸との間に嫡子寅太郎、その弟午次郎が生まれていた。

長引く鹿児島滞在に東京では西郷の帰京を促そうと、迎えの使者を送る案が浮上していた。その役割を担ったのが、西郷ともごく親しい間柄の勝海舟であった。ただ、久光のこともあるので、三条の判断で勅使として勝を派遣することにした。勝は明治六（一八七三）年三月、勅使として鹿児島に出向き、西郷の帰京と、久光の上京を実現させている。

勅使勝の要請を久光も無視せず、西郷の四月五日の東京帰着後に、鹿児島を発って東京へ行くことを承諾しているが、実は久光にとって都合のよい上京要請であった。というのは、前年に提出していた建白書について、政府が採用するかどうかを確認するために、上京の時期を模索していたのだ。

願ってもない上京要請という条件が整った久光は、我が意を得たりと、四月二十三日、新政府に圧力を加えるべく、古武士然とした結髪・帯刀の数百名の家臣を引き連れて、仰々しく上京してきた。新政府の進める開化政策を茶化すかのような出立《いでたち》での登場である。

久光の上京には不平士族の期待が集まり、全国から次々と不平士族が上京してくる事態となった。当時は学制や徴兵令などの、急進的な近代化政策を拒否する民衆の一揆が、各地で急増していた時期とも重なっていた。

征韓論政変

批判を繰り返す久光やその側近たちの言動が西郷を苛《さいな》んでいた。とくに忘恩の徒《やから》と決めつけられたことは、武士として恥ずかしくない生き様を貫いてきたと自負する西郷には、拭《ぬぐ》いきれぬ傷となった。その影響は計り知れず、周囲に辞意を洩《も》らすまでになった明治六(一八七三)年五月下旬、ようやく大久保が欧州視察から帰国した。後を任せられる彼の帰国を心密かに待っていた西郷は、大久保の帰国後すぐに三条と大久保に辞意を伝える。

体調不良で任務に耐えられぬという理由であったが、大久保らは富国強兵策(近代化政策)を実施するには、西郷の手を借りねばならぬと分かっていたので、しばらく政府に留まることを望みその斡旋役を勝海舟に頼むことにした。勝も大久保らの意向に従って動いたこともあり、西郷は暫時政府に留まることになった。

ところが西郷の残留を要望したはずの大久保が、西郷との会談後に政局に関わろうとせずに、避暑を名目として東京を離れる。参議三名の任命や職制改正などが、留守政府の独断でなされたことを知って反発したことが原因であった。勿論、それ以外の案件は岩倉の帰国を待たねば何も進まぬことを計算に容《い》れての行動である。

だが、今度は政府に留まった西郷が、突然朝鮮への使節を志願したことで波乱が生じる。これがきっかけとなって、世に「征韓論政変」と称される、日本近代史上最大の政変を招来することとなった。

では何故、朝鮮への使節を志願したかだが、西郷は西洋文明の普遍性、つまり軍事、科学、技術などは高く評価し理解しているものの、急速に広がりつつある文明開化といわれる軽佻浮薄な時代状況を嫌っていた。旧武士の内面を厳しく律していた、剛直な精神が急激に失われつつある現状と、それと表裏の関係にある上辺だけの文明開化の風潮に、強い苛立ちと不安を覚えていたからだ。故に、維新を遂行するうえで不可欠であった「戦いの精神」を、征韓を決行することで復活させようと思い定めたのである。

征韓論的な言論ではあっても、後年の軍国主義者が唱えた朝鮮を植民地として確保しそれを足掛かりとして、大陸への進出を図るという侵略主義そのものの構想ではない。あくまでも朝鮮を開国させることを主眼とした征韓論であった。それに加えて、幕末期以来南進を続けるロシアの存在を西郷は意識し警戒心を隠さなかった。朝鮮の開国を実現した後は、朝鮮と国境を接するロシアとの関係を見据えていたのである。

一方で、旧主に対して不忠であると批判する久光に心を痛める西郷は、朝鮮を死に場所に定める思いに支配されつつあった。ただ死ぬことだけを望んだのではなく、西郷にとって死とは「戦死」でなければならなかった。彼が戦死に拘ったのは、国家および国政担当者のあるべき姿としての生き様であった。『南洲翁遺訓』の中にそれが残されている。

「正道を踏み国を以て斃《たお》るるの精神無くば、外国交際は全かる可からず、彼の強大に畏縮し、円滑を主として、曲げて彼の意に従順するときは軽侮《けいぶ》を招き、好親却って破れ、終に彼の制を受くるに至らん。国の凌辱《りょうじょく》せらるるに当りては、縦令国を以て斃るるとも正道を践《ふ》み、義を尽くすは政府の本務也。戦いの一字を恐れ、政府の本務を墜《おと》しなば、商法支配所と申すものにて、更に政府には非ざる也」

これらは、「太平に馴れる」ことを拒否する精神である。国としてのあるべき姿を国政担当者としてひたすら追い求め、国家の体面を損《そこ》なわないためには、場合によっては、国家の滅亡と自分の死をも辞さないとする「戦いの精神」であった。この精神が、彼をして常に戦場に在らしめんとし、王道外交の信奉者とさせた。こうした精神の持ち主であった西郷が久光らとの関係に苦慮するあまり、朝鮮に渡り正義・正論に基づく交渉を重ね、その末に暴殺という名の「戦死」を遂げようと望んだとしても不思議ではなかった。

使節志願の遂行のため、西郷はまず板垣退助の協力を求めた。板垣のかねてからの主張（征韓論）と留守政府内での立場によってである。その当時、留守政府内で西郷とともに参議だったのは板垣と大隈重信・後藤象二郎・大木喬任・江藤新平であった。後藤以下の三人は新参者であったので、実権は西郷・板垣・大隈が握っていたが、西郷は豪奢な生活を好んだ大隈を嫌い、大隈も西郷を国家構想のない武人と蔑《さげす》むなど二人は反《そ》りが合わなかった。勢い、西郷は板垣を頼るようになった。

次いで、三条にも使節就任の希望を伝えたが、三条が太政大臣のポストにあったので当然のことである。西郷の意向を知った三条は、大久保の二か月後に帰国していた木戸に意見を聞いた。これに対して、木戸は日本の現状を考えれば西郷の申し出を受け入れるべきではない、と三条に勧告する。

朝鮮問題が緊迫化していたわけでもない中で明治六（一八七三）年八月十三日に閣議が開かれたが、西郷の志願は留守政府の要路者の支持を得ることはできなかった。国家にとって最重要人物を派遣して殺害でもされたなら、深刻な事態を招来すると誰もが危惧し、西郷の志願への賛同に逡巡していた。

閣議で結果を得られなかった西郷は、三日後の八月十六日、三条邸に乗り込み直談判に及んだ。三条の様子は板垣の働きかけもあったのか、閣議のときとは余程違っていて軟化していた。岩倉大使の帰朝まで待ちたいとの返答に西郷も已《や》むを得ず辞去した。

三条には「戦いをすぐさま始めるのではなく、戦いは二段構えになる」と伝えた。そのうえで旧幕府がひたすら無事を計って、終《つい》に天下を失うに至った理由を説明したところ、三条も納得した。

西郷は何事においても道義や道理を重視した。万人が納得するだけの正当な理由があるか、誰もが異議を唱えられない正当な手続きを踏んでいるかだが、今回は朝鮮問題にそれほどの関心を抱いていない現実があった。国民が納得する朝鮮を討つべき状況に持っていく必要がある。そこで、自分が殺されることで朝鮮を討伐する理由を作る、即ち、捨て石となって国家に報いようとした。それがまた、旧士族に活躍の場を提供することとなり、戦いの精神に溢れる国家を創建することに繋がると考えたのである。

何故渡鮮を決心したか。政府の中枢にいた西郷には分かっていたのだ。旧幕府が欧米諸国に対し毅然とした態度をとらず、屈辱的であったが故に滅びたことを。

現在の政府もそれに等しい状況に置かれている、との痛切な認識を抱いていた。馴れ合い精神の蔓延する中、新しい政府が発足すれば旧幕時代と変わらぬ旧態依然とした状態が継続・温存される。それが新しく成立する政府にとって危険だと見抜いたためであった。

事実、明治新政府は、倒幕後わずか数年を経ただけで、西郷が恐れるような状況に陥っていた。維新の精神を喪失し、賄賂政治が横行していた。西郷は改めて悪しき先例の存在を三条に想起させ、彼の危機感を煽ることで使節就任を実現しようとした。

はっきりしない三条の態度に、西郷は三条の説得を依頼するため板垣を訪《おとな》い懇願した。その切なる要請に、板垣も斡旋役を引き受けざるを得ず説得に及んだ。それが功を奏したのか、三条が八月十七日に閣議を招集し、その席で西郷を朝鮮に使節として派遣するとの「内決」をみたが、三条も無条件には認めず、岩倉の帰国後に再評議を行うという条件を付けることを忘れなかった。

明治四（一八七一）年十一月九日の会議で決定をみた、岩倉使節団の帰国までは朝鮮問題を棚上げにするという方針を修正しての「内決」であった。このあと箱根は宮ノ下の行在所に皇后とともに避暑中の天皇に、二日後の八月十九日に上奏され天皇の裁可を得た。

朝鮮使節の内決を得て「死に場所」を見つけた西郷は高揚した精神状態にあったが、木戸の訪問で冷や水を掛けられることとなった。木戸は征台にも征韓にも反対で、政府に意見書を提出していたので、西郷の渡鮮には当然の如く反対の立場であった。

木戸と違って西郷の心中を知る板垣の心境は複雑で、西郷を訪ねて死に急ぐことはないと忠告し、冷静に戻るように呼びかけていた。

九月になって北海道開拓次官の黒田清隆が、ロシア人の暴力から樺太《からふと》在住の日本人保護のため同地への出兵を建議した。その説明のために西郷邸を訪れたが、会えなかった黒田に西郷は書簡を送って建議に賛同し、樺太で戦争が始まれば直ちに駆け付けることを表明していた。しかし、二月に起こった樺太大泊での事件の半年あまり後での建議であり、時期を逸している感は否めなかった。それが渡鮮で西郷を死なせたくない、との思いからの建議ではないかとの憶測に繋がっていた。案の定、建議はあったものの、樺太への出兵を巡る政府内の討議は停滞したままであった。

その後、西郷の思いどおりには運ばなかった。支持する声は広がらず、西郷の朝鮮使節を阻止しようとする声や動きが高まってきた。その先頭に立っていたのが木戸である。そこで西郷は自身の渡鮮を実現するため、強硬に閣議の開催を三条に要求し、自分の要求が認められない場合には辞職すると言明するほどであった。板垣も同調し三条に圧力を加えた。

渡鮮を阻止しようとする動きも水面下で始まっていて、西郷を支持する参議たちの動きに先行していた。阻止派の中心は木戸や伊藤博文らで、とくに伊藤は西郷に対抗できるのは大久保しかいないと焚き付け、再三にわたって参議就任を要請し、ついに大久保をその気にさせた。留守政府組から権力を取り返すとともに、岩倉・木戸・三条・大久保の共闘を目指す伊藤の画策であった。

その画策が西郷の辞職を見据えてのものと大久保が理解していたかは定かでないが、朝鮮への遣使が取り消されれば、旧友の性格を知る大久保は西郷が辞職すると踏んでいた。それが薩摩閥の衰退となるであろうことも分かっていたが、出身藩薩摩に見切りを付けていた大久保は、それでも構わぬと思っていた。伊藤が自分を長州方に引き込もうとしていることも分かっていたが、出身藩の意向に拘っていては新しい日本を造ることはできぬという信念に迷いはなかった。

ついに大久保は西郷の渡鮮を阻止する覚悟を決めた。ここに朝鮮への派遣問題は西郷と大久保の問題となり、征韓論と内治優先論との対決の構図となったのである。

そして明治六（一八七三）年十月十四日、対決の閣議が開催された。そこで三条と岩倉が西郷の派遣に反対を表明、西郷を除く全員がこれに同意した。開戦論者の板垣でも準備不足は明らかなので、延期に同意せざるを得なかった。

岩倉・三条は樺太の紛争解決を優先すべきと西郷の派遣に反対した。大久保も派遣が朝鮮との戦争に直結し、財政・内政・外交上の困難を齎《もたら》すと反対し、西郷との間で論争を展開した。十四日で決着は付かず、翌十五日再び閣議が開かれた。この日、参議各人の意見陳述が求められ、今度は大久保を除く参議一同が西郷を支持する結果となった。木戸は八月に馬車から落ちて負傷し閣議を欠席していた。

中でも副島種臣外務卿兼参議と板垣参議が、西郷派遣に向けた決定を求めたのに対し、大久保は前日同様に派遣延期論を主張して板垣・副島と激論を戦わせた。閣議は紛糾し、最終決定を三条と岩倉の両人に任せることとなった。二人が話し合った席で三条が西郷の派遣に賛成に回り、西郷の朝鮮への派遣が決定し、参議全員にこのことが通知された。西郷の朝鮮への派遣が本決まりとなり、後は天皇へ上奏し、裁可を待つだけとなった。

いよいよ西郷の渡鮮に向けて政府が動き出そうとしたときに、大久保が待ったをかけるべく行動を起こした。十七日の早朝に三条邸に参上し参議の辞表を提出すると、示し合わせたかのように、木戸と岩倉が辞意表明に及ぶ。とりわけ、大久保と岩倉とは幕末以来の同志であったから、先んじた大久保の後を岩倉が追いかけたとみてよさそうである。

三人の辞職表明に動揺した三条が岩倉を訪《おとな》い、二度にわたって会談するが物別れに終わった。帰邸後、西郷を呼び十五日の閣議決定を再検討する意向を示したが、今度は西郷の拒絶に遭った。西郷の辞去後、思い悩んだ三条は重圧に耐えられず、異常を来し政務不能状態に陥り、十九日に辞表を提出することとなった。

三条辞任の報を入手するや、大久保の面目躍如たる本領発揮の出番となる。二度の閣議を経て正式に決定された西郷の朝鮮派遣を、阻止するための宮中工作を開始したのである。宮内少輔吉井友実らを介して宮内卿の徳大寺実則へ働きかけ、その徳大寺に天皇へ遣使延期の上奏を行わせ、天皇を延期論で拘束しようと企てた。岩倉が太政大臣の職務を三条に代わって務めるように天皇に命じられたことで、計画は成功を約束された。寺田屋事件で誠忠組過激派を見捨てたように、目的達成のためならば非情に徹することができる、大久保ならではの巧妙な計画であった。

これらの裏面工作を西郷が知ることはなかった。

そして、予定されていた二十二日の閣議は開かれなかった。岩倉が天皇への上奏文の原案を作成し、大久保がそれを修正するための時間が必要だったからである。十月二十三日に岩倉は天皇に拝謁し、閣議の内容を奏上するとともに自ら書いた奏問書を提出した。内容は大久保の考えを反映して、今は民力を養成して国家の富強に努める時期であり、朝鮮との開戦に繋がりかねない西郷の派遣には反対という内容であった。あくまで開戦に繋がりかねないと強調することが重要であった。戊辰戦争から六年ほどしか経過していない明治六（一八七三）年である。これを強調すれば天皇も奏問書に納得すると踏んでいた。

前日の二十二日、西郷は板垣・副島・江藤の三参議とともに、岩倉邸を訪れ十五日の閣議決定どおりに、朝鮮への派遣許可を天皇に求める手続きをとるよう岩倉に要請した。西郷らの要請は正院事務章程の規定からすれば妥当なものであったが、すでに大久保と結託していた岩倉は、閣議での決定と太政大臣としての自身の意見を同時に天皇に上奏する、として一歩も引かなかった。

しかし、岩倉の説得を諦めた西郷はそれ以上の行動には出なかった。参内し直接天皇に訴えれば、西郷を信頼する天皇が了承する余地は充分にあったであろう。岩倉邸を辞去した西郷は、天皇の裁可が下りていないにもかかわらず、辞職願を提出する。病気を理由に陸軍大将近衛都督兼参議の辞職と位記の返上を願い出た。翌二十四日には板垣・後藤・江藤・副島の各参議も辞表を提出することとなった。

ここに内治優先派が勝利を収め、以後、内務卿に就任した大久保に主導される新体制の下、勧業政策と警察制度の整備充実などの改革が推進されていく。

大久保が策謀を講じたのは留守政府の打倒のためであった。明治政府の将来の発展には殖産興業の採用が不可欠であり、平和の確保の障害となる対外強硬派の政府外への追放が必要と感じていた。それに山県有朋が連座する山城屋和助事件（陸軍省公金の不正流用疑惑）を筆頭とする、長州派への汚職調査を強める江藤新平らの追放を求める木戸や伊藤らとの思惑が一致したことで、大久保派の巻き返しが成功した。

この政変によって薩長土肥出身者によって構成された支配体制が一気に崩壊し、西郷を除く下野参議が執拗な政府（大久保政権）批判を展開し、大久保政権は公議公論を抑えつける有司専制政権とのイメージが定着することになった。下野参議以下、誕生しつつあった新聞等が大久保政権の専制的体質を問題としたことで、民選議院を早急に創らねばとの世論が次第に形成されていく。

それと一代の英雄西郷が突如下野したため、国民一般の注目を浴びることとなった。その結果、政府内の問題にとどまっていた朝鮮問題が、世間一般に知られるようになり、征韓論の是非が国民各層の論議を呼び起こすこととなった。こうした動きにつれ、西郷らが征韓論を主張したものの内治優先派の大久保らの策謀の前に敗れ去ったことが喧伝され、征韓派対内治派という対立の図式が定着した。

政変の影響は鹿児島をより一層、独立国のような様相にさせていた。廃藩置県後、新政府は諸県より租税権を取り上げ、そこからの収入で旧藩債の処理や殖産興業策を推進していったが、ただひとつの例外が鹿児島県であった。同地では藩の自主性は維持され、県官は一人も他県人を用いず、旧領主の領有権もほぼ保全されていた。そこへ西郷の辞職に伴って多くの兵士が国元に帰ってきたため、鹿児島は兵士中心の旧態依然とした状況が継続されることとなったのである。

帰郷

明治六（一八七三）年十月二十二日に岩倉邸を辞去後の西郷は、まもなく日本橋小網町の家を引き払って、庄内藩主酒井家の御用商人の越後屋喜右衛門の別荘に移り住んだ。戊辰戦争の庄内藩降伏時での西郷の寛大な処置以来、酒井家は西郷と交友関係にあり、越後屋はその縁で西郷家の面倒をみていたのである。六日後の十月二十八日と伝わるが、西郷は大久保と会い簡単な別れの挨拶後、横浜港から鹿児島に向かって去った。互いに至極冷淡な最後の別れであったとのエピソードが残されている。

西郷の辞職と帰鹿が中央政府の脆弱さを曝け出させた。政府は朝命で陸軍の将兵および兵卒に東京に留まるように命じたが、彼らはそれを無視して帰国してしまった。また、西郷が陸軍大将職を固辞したにもかかわらず、政府は陸軍大将としての月給を払い続けたことで、西郷の威望と鹿児島の軍事的圧力の前に卑屈な姿を曝け出す結果となった。

帰鹿後の西郷は一個人、私人としての生活を送ることになる。買い戻した武村の自宅に戻り、そこには農作業に勤《いそ》しむ西郷の姿があった。健康面での不安を抱えていたので体調不良を癒し回復させることが中心となり、湯治や愛犬を伴っての狩猟に出かけるようにもなった。明治の顕官の中にあってひときわ質素な生活を送った西郷であったが、例外が犬への支出を惜しまなかったことである。

しかし、自身のことだけに日々を送るわけにはいかなかった。西郷の帰国後に戻ってきた将兵の先行きが心配であった。当初は心強い同志の帰鹿と喜んではみたものの、日が経つにつれ彼らの存在が気にかかった。というのも彼らの多くが時勢を慷慨《こうがい》するばかりで、無為に日々を過ごしていたからだ。このままでは不測の事態も起こりかねない。それには将兵らが自力で生きていける生活基盤を確立しなければならない。西郷の念頭を去らなかったのはそのことであった。暴発を防ぐためにも、将兵らの統率と教育が急務となっていた。

そこで信頼のおける部下と相談の結果、教育機関を設置することにした。私学校・賞典学校が明治七（一八七四）年六月に設置され、監督者に篠原国幹《くにもと》と村田新八の両名を選任する。学校は戊辰の戦役で功を立てた諸士に対して国から与えられた賞典禄を財源とし、西郷の二千石、鹿児島県令大山綱良の八百石、桐野利秋の三百石などが充てられた。

同八（一八七五）年四月に創立をみる吉野開墾社は、国家の一大事が到来した際に、国難に立ち向かえる人材となるべく、質実剛健な気分に満ち溢れた青年子弟を養成すること。その意図のもと、まずは開墾によって心身を錬磨させようとするものであった。
私学校等の設立目的は戊辰戦争で多くの死傷者を出したことを受けとめ、その後継者として道義・尊王・愛民の心を持つ、優秀な士官を育てることにあった。教育内容については漢学を学び、仏語科と英語科が置かれた。そのために外国人講師を採用し、優秀な生徒は欧州に遊学させるなど、積極的に西欧文化を取り入れようとしたが、最終的には外征を行うための強固な軍隊を創設することにあった。勿論、近い将来に発生するであろう対外危機（主としてロシアとの軍事衝突）に備えての面もある。

教育機関の設立で将兵らの先行きに一応の目途を立てた西郷は、自身の生活基盤を見据え、片手間の取り組みではなく、全力で農業に取り組む姿勢を鮮明にする。土地に合った収穫量の多い品種の調査など、西郷らしい熱意で研究に日々を送っていた。そこには中央政府で筆頭参議にまでなった過去の栄光を取り戻そうと足掻く姿はなかった。誠心誠意、農業に打ち込む西郷がいた。そのような生き方がごく自然にできたのが西郷であった。

明治六（一八七三）年十一月、島津久光は西郷が去った後の新政府ならば自身の持論が採用されるかもしれぬと期待し、西郷と入れ替わりに上京する。随行したのは反西郷の筆頭の川畑伊右衛門たちで、これは西郷の体調回復に影響があったであろうと推量される。

しかし、世間にとって大きな存在であった西郷が、一個人として平凡な日々を送ることは許されるはずがない。彼の動向如何によって天下の形勢がどう変わるか、計り知れないからであり、鹿児島に隠棲した西郷の動向に関心が集まっていた。中でも政府関係者は神経質過ぎる対応であった。政変後に誕生した大久保政権が多くの将兵の帰鹿に神経を尖らせ、西郷が征韓論を旗印にして反政府行動に出ることを警戒していた。それと久光と西郷が反政府という立場で結び付くのではないか、と疑心暗鬼になっていたのである。

当然、政府側は密偵を鹿児島に潜入させていた。その探索書には同地の不穏な情勢が綴られていた。西郷が帰国した直後の探索報告には、明治七（一八七四）年の三月までに西郷一派が岩倉らを押し倒し、朝廷の瓦解に乗じて土佐藩関係者と示し合わせて、大挙するとの計画があるとあった。また、西郷一派によるものではなかったが、同年一月十四日には、岩倉具視が東京の赤坂喰違で高知県人の征韓派壮士に襲われていた。

怪情報がしきりに舞い込む中、政府は西郷およびその配下の動静に注意を払っていた。

その後も不穏な噂が飛び交い、政府要路者は戦々恐々としていた。それに加えてさらなる情報が齎《もたら》される。天下に並ぶ者のいない英雄西郷に一目会おうと、全国各地から徳を慕って鹿児島入りをする者が続出していたのだ。

噂が噂を呼んでいたが、それとは無縁な西郷は鹿児島にあって、農業に打ち込むとともに青年子弟の教育に心を砕いていた。人望ある西郷が設立した学校であったから帰還将兵の他、県内の若者の多くが私学校への入学を希望し殺到してきた。その西郷のもうひとつの重要な活動が、私学校生徒に活躍の場を与えることで、そのために諸方面に働きかけを行っていた。それに鹿児島県令の大山綱良が協力するようになったのは、私学校の規模が拡大していくにつれ、生徒らが反旗を翻さないための抑止活動、という隠された目的があったのはいうまでもない。

大山は西郷より二歳年長で、寺田屋事件では島津久光の命を受け、誠忠組過激派を上意討ちにした剣の遣い手であり、戊辰戦争では八百石の賞典禄の授与者となるほど活躍した人物で人望もあった。その大山は鹿児島では久光との折り合いを良くしなければならない県令という立場であり、西郷とは次第に距離を置くようになった。だが、私学校の存在が巨大化するにつれ、西郷たちと手を組んだ方が県令としての施策を進める上で好都合と判断し接近した。私学校が県下に多数の分校を持つようになったのも、旧藩から県に引き継がれた積立金が経費に充てられるなど、大山綱良の強力な支援があったからである。

とりわけ大山の西郷寄りが顕著になったのが、地租改正事業からであった。新政府は明治六（一八七三）年、地租改正法と地租改正条例などからなる太政官布告第二七二号を制定し、翌七年から地租改正に着手したが、鹿児島における地租改正の動きは他県に比べ遅れ、明治九年になってようやく、地租算定の基準となる土地の測量が始まったばかりであった。

地租改正事業が遅れた原因は、士族の大反発が予想され、着手が延び延びになっていたからである。旧鹿児島県士族にとって、耕作農民の土地所有権を認める地租改正は、死活にかかわる問題であった。というのも中世以来地方《じかた》知行制を採用しており、家禄として所有してきた農地を農民に耕作させてきたという長い歴史があった。久光も地租改正事業を非難する立場に立っていた。

ここに士族の懐柔が急務となっており、それを見越して大山は西郷に協力を求めようとした。地租改正事業の順調を期して、直接自分が指示する立場となる県下大区（鹿児島では大区は江戸時代の郷と同じエリア）の区長・副区長の人選を西郷に依頼しようと考え始めていた。依頼を受けた西郷が私学校関係者と相談の上で候補者を推薦し、大区区長・副区長の過半数が私学校関係者で占められるようになるのが明治九（一八七六）年半ばのことであるが、それに加えて県庁の役人や警察官も私学校関係者が多く採用されていく。

しかし、それが同調圧力となって県下の青年に伸しかかり、私学校に入学しなければ村八分にされかねない状況となる弊害も生じてくる。延《ひ》いては、元来独立国の様相の濃かった鹿児島県は一層その観を強めることとなり、私学校は政治集団の性格を帯びるようになったのである。

このような状況下、鹿児島では士族の身分制の改革である秩禄処分は行われず、逆に彼らの体面を保つ優遇策を要求するなど、政府の政策は実施されぬ状況が続いていた。大山が反政府寄りの態度を取り続けたのには、島津久光の意向が強く影響していた。久光は藩主およびその一家の東京在府の政府方針を無視して鹿児島に居続け、版籍奉還などの新政府の諸政策を公然と非難していた。

注目の的である西郷に関わる種々の噂が飛び交う中、東京の政府関係者を中心に広い層から西郷の復帰を求める動きが出始めていた。その最初が三条実美であった。征韓論政変の責任を痛感して、政府への復帰を図るべく、西郷とも親しい吉井友実や大山巌《いわお》の手を借りての工作活動を展開していた。

ところが意外な人物が西郷の政府復帰を目指して動いていた。それは仇敵ともいうべき島津久光の動きであった。明治七（一八七四）年二月に、参議辞職後に帰郷していた江藤新平を中心に佐賀の不平士族が決起し、西郷も同調するとの噂が流れて世間が動揺すると、久光は西郷を慰撫するとの名目で帰鹿し、乱を平定するため出馬することを勧め、さらに上京して国家に尽くすことを説いたという。

しかし、久光や三条の働きかけも虚しく、西郷は東京への復帰を承諾しなかった。佐賀の乱では久光の出馬要請を断り、鹿児島まで西郷を頼ってきた江藤の懇請を拒否している。次いで説得役を担わされたのが大山巌である。砲術学を学ぶためヨーロッパに行っていたが帰国し、明治七（一八七四）年十一月に鹿児島まで出向いたが、上手くいかなかった。翌八年になると天皇までもが西郷の再出仕を求め、四月に太政大臣の三条に内勅を下し再出仕を実現するように命じている。三条は侍従を鹿児島に派遣し、西郷の上京を促したが承諾を得られなかった。

それとは別に久光も動く。その指示を受けた側近の内田政風が東京から戻り、西郷の説得にあたるもこれまた失敗に終わった。

これらとは正反対の動きがあった。西郷の担ぎ出しの不首尾を嘲笑《あざわら》うかのように、鹿児島の勢力を抑え、長州中心の政府の威権回復を果たそうとする井上馨《かおる》らが、木戸と板垣の政界復帰を図り、同年三月に木戸・板垣両者が参議に就任した。

国内とは別に海外との問題が持ち上がり、政府は対応せざるを得なくなる。皮肉にも西郷が下野することとなった外国との関係で、台湾、延いては清国に関わる問題であった。明治四（一八七一）年の十一月に台湾の南端に漂着した琉球の漁民六十六人のうち、五十四人が先住民に殺され、翌五年六月に、難を免れた十二人が那覇に帰還した。

帰還の情報が鹿児島に齎《もたら》されると、県参事の大山綱良が台湾への出兵を政府に建議し、鎮西鎮台の樺山資紀《すけのり》陸軍中佐らが上京し、政府に問罪のための出兵許可と軍艦借用を要請する事態となった。それまで燻り続けていた台湾問題が、西郷らの参議辞職で起こった政変により一気に政治問題に浮上し、大久保政権としての基盤を確固たるものにするためにも早急な解決が望まれていた。

そして、明治七（一八七四）年一月に解決方針として公表されたのが、琉球人民らに危害を加えた台湾先住民の罪を問う使節を派遣することであった。そこには問罪使を派遣することで、政変によって下野した近衛兵やポリスおよび全国の不平士族らの反政府的気運を和らげるとともに、欧米諸国の干渉を招かないように近隣諸国との衝突を回避すべく、且つ衝突に至った場合には、小規模なものに止めるとする一貫した姿勢があった。

大久保はこのような台湾出兵方針を固めると、佐賀の乱の勃発を受けて自ら解決にあたるべく、東京を離れ佐賀に向かったが、懸念したとおり英・米両国公使から自国籍の傭船提供に反対の意向が示され、政府関係者は出兵中止を検討せざるを得なくなった。

だが、琉球人民に危害を加えた台湾先住民の処分について、取り調べを命じられた陸軍少将の西郷従道が、四月に台湾蛮地事務都督に就任すると、解決方針を問罪使の派遣から台湾の割地および植民地化まで拡大し出兵を強行した。この方針転換が薩摩派と長州派の深刻な対立を生じさせた。台湾への出兵を強行し台湾の領有をも目指す薩摩派に対して、内治優先の立場から長州派は断固阻止しようとした。ところが自身の不在中の西郷従道の強引な台湾出兵を、大久保が追認せざるを得なかったことで派兵が決定的となった。

五月になって三千六百余名の兵士を乗せた艦船が長崎港を出港したが、その中に三百名弱の徴集隊が含まれていたことを長州派が問題とした。鹿児島県士族で編成される徴集隊は西郷の要請によるもので、それを弟従道が受け入れ台湾へ派遣したのである。出兵に藩閥色が色濃く反映されるようになったことへの長州派の反発があった。

大久保は清国との戦争は避けたいとの考えであったが、相手の出方次第では戦争は避け難いとし、軍備に取りかかる決意を固めつつも、全権弁理大臣として清国に渡った。粘り強い大久保の交渉によって戦争とはならず、駐清英国公使ウェードの積極的な仲裁によって、少額ながら賠償金を獲得するという幸運な結果となった。この後締結された日清両国間互換条款によって、清国が琉球人を日本国属民と認めたことは琉球併合をやりやすくさせた。台湾問題を解決したことで大久保政権は基盤を強化することに成功する。

台湾問題は成功裏に終わったが、翌年の明治八（一八七五）年九月、日本の軍艦が朝鮮漢江河口の江華島付近で測量中に朝鮮側から砲撃される、江華島事件が発生した。

これを知った西郷が辛辣な政府批判を展開する。その謂わんとするところは、「李氏朝鮮はここ五、六年、談判を重ねてきた相手であるにもかかわらず、まったく交際のない国と同様に見なし、砲火を交えたのは遺憾千万である。たとえ開戦になるにせよ、測量の承諾を得てそのうえで相手が発砲に及んだのであれば、その抗議のための使節を朝鮮に派遣し、何故発砲に及んだのかを問い詰めるのが大事である。そして、相手から納得できる回答を得られない段階に至って、はじめて公然と開戦できる大義名分が獲得できる。それ故に、政府の手順は道理に合わない」というものであった。

この西郷の政府批判を重く受け止め、問題の解決にあたろうとしたのが薩摩藩出身の黒田清隆であった。明治八（一八七五）年十一月下旬、大久保の承諾を得たうえで、太政大臣の三条に使節を志願したのである。相談を受けた大久保は薩長両藩出身者がこの問題で協力していることを示す必要を感じ、長州藩出身の井上馨を副使に任命した。

翌九（一八七六）年一月に黒田・井上両人が渡鮮するが、朝鮮の対応に梃子《てこ》ずり同国との開戦を覚悟せざるを得ない状況まで追い込まれる。黒田が内地に二大隊の派兵を要請する事態となったが、その騒動の中で二月二十六日になって、朝鮮との間に修好条約が結ばれることになり、日本側が領事裁判権や無関税特権を獲得した。この条約締結により戦争に至らずに、明治初年以来の懸案事項であった朝鮮との国交が樹立されることとなった。

台湾問題と江華島事件を契機として、清国ならびに朝鮮との条約締結で成果を出した大久保政権だが、前年の明治八（一八七五）年五月にロシアとの間で樺太・千島交換条約を締結したことで、軟弱外交との政府批判が集中して寄せられる事態となっていた。西郷も維新の精神を失った新政権では軟弱な外交しかできないと論断していた。

李氏朝鮮への西郷の使節志願を、内治優先を旗印にして潰した大久保・岩倉だが、今度は戦争を覚悟の上で、清国や李氏朝鮮との交渉に当たることになった。これによって図らずも、政争を仕掛けた二人の真意は、西郷の政権からの追放にあったということに合点がいく。まんまと嵌《は》められ、政権を去ることになった西郷の胸中は如何ばかりであったか。それが大久保政権への批判となった。

西郷と入れ替わりに東京へ行き新政府入りした島津久光であった。鹿児島にいて政府批判を繰り返し、帰郷した西郷やその一派と合流すれば、鹿児島が大規模な反政府拠点となることを恐れた政府要路者の働きかけによって実現したものであった。それ故に久光には特別待遇が用意されていた。上京と間をおかず新設の内閣顧問に、明治七（一八七四）年四月には左大臣に任命される。

しかし、久光は新政府の政策や在り方に対する不満があって、過激な言動に出ることがしばしばであった。地租改正・徴兵制・積極財政を批判し旧制に戻すように主張した上で、自分の目に不行跡と映っていた参議兼大蔵卿大隈重信の罷免と、西郷・板垣両者の復職を求めた。それが受け入れられそうもないと判断するや引きこもり、翌八（一八七五）年十月には左大臣の職を辞した。

内閣改造にも論及し内務卿大久保の罷免を求め、大久保政権を否定する意向を鮮明にしていた。また、統治能力の欠如を理由に三条実美と岩倉具視の政府外への追放を天皇に求めている。その一方で久光は西郷との協力関係を構築すべく動いていた。家臣の内田政風を帰国させ西郷と面談させ、政府への不満を共有する者であれば協力できるとし、西郷が上京し久光を補佐して政府を改革することを促している。

その働きかけも虚しく、西郷は久光側からの接触を拒否していた。

新政府に見切りをつけた久光は、明治九（一八七六）年四月、帰国の途に就いた。大久保の日記によれば四月四日、暇乞《いとまご》いに訪れた大久保への面会を拒絶したうえで、久光は東京を出発していた。

開戦前夜

明治九（一八七六）年二月末に朝鮮との修好条約を締結し、外国との懸案事項を解決した大久保政権は、残された問題の処理に乗り出した。同年三月の廃刀令と八月の金禄公債証書発行条例の公布である。廃刀令は武士が旧幕藩体制下で保持していた、社会的地位の象徴である帯刀の権利を奪うという、士族にとって受け入れ難い措置であった。

もうひとつの金禄公債証書発行条例とは秩禄《ちつろく》処分のことで、明治十（一八七七）年から士族に五年ないし十数年分の家禄にあたる金禄公債証書を与えて、家禄をすべて廃止するというものであった。政府歳出の三割以上を占める家禄や賞典禄によって、国家財政が破綻しかねなかったからである。ただ、公債化した家禄の利息の額は、大半を占める貧乏士族にとって、生活できないほどの少額にとどまるものであった。

これに対して、鹿児島県は県令の大山綱良が上京して大久保との個別交渉に持ち込み、他県に比べ有利な扱いを受けることに成功する。公債化した家禄の利息を他県より多く支給されることとなったのである。しかし、特別扱いにもかかわらず、鹿児島士族、とりわけ私学校党の大久保政権への不平不満は根強く、明治九（一八七六）年九月ごろより、刀剣の修繕や銃器購入が頻繁に行われるようになっていた。

この事態に政府も黙って見ていたわけではなく、探索活動が開始され鹿児島への潜入工作も活発化していた。情報によれば平穏無事に倦《う》み、私学校党の中には挙兵論を唱える者も出てきているという。中でも政府の目を引いたのが、西郷が有志輩を率いて上京するので随行したい者は申し出るようにとの呼びかけがなされるようになり、政府との対決も辞さない方向に事態は進行しつつあるとの情報であった。

何故優遇策となったのか。大久保らしからぬ県令大山の直談判に屈したかのような鹿児島県士族優遇だが、膨大な数の士族の存在と、廃藩に反対の立場を維持し続ける島津久光の反発を恐れる懐柔策、という面があったことは否めない。

だが、それで手を拱《こまぬ》いている大久保ではなく、明治九（一八七六）年八月に行政整理を口実に反撃に出る。置県から三年の隣県宮崎県を廃して鹿児島県に併合、これを契機に県庁における私学校党の勢力の削減を期して、県令大山に人事の刷新を求めることにした。

これに対し、何の落ち度もない県官を罷免することはできぬと、大山は自身以下全県官の総辞職で対抗する。ここに鹿児島県は、政府も手を付けられぬ正真正銘の独立国となった。

ここで大久保が重い腰を上げたのは、木戸らの猛烈な圧力に押し切られ、鹿児島県政改革案を受けざるを得なくなったからだ。鹿児島では地租改正や廃刀令も進まず、秩禄処分は他県より有利な条件が認められ、政府の政策の多くが実施されていなかった。それを逆手にとって私学校党の勢力削減と壊滅を目論む、大久保の見事な策士ぶりであった。

一方、宮崎県にとってこの鹿児島県への併合は、西南之役に巻き込まれ、県土と県民が甚大な被害を蒙《こうむ》る端緒《たんしょ》となった。

政府の重要施策である地租改正に対する反対運動が激しくなり始めたのが明治九（一八七六）年ごろからであった。米価が下落したことにより税が割高となる。それに加えて地方税の支払いもあって農民はやり繰《く》りに困り、米による納税を認めてほしいという嘆願が各地で頻発する事態となった。

しかし、政府の受け入れるところとならず、それを受けて同年五月になって和歌山県で農民が蜂起し、次いで十一月には茨城県真壁郡や那珂郡、また十二月には三重県飯南郡で大規模な一揆がおこり、これが愛知や岐阜などにも飛び火し、地租改正一揆が全国規模で広まっていった。近代化政策の財源確保のためには、旧来の貢租と変わらない水準を維持する必要があり、地方によっては増税となるところもあったからだ。

財源確保に突き進む大久保たちに木戸は反対の立場であり、地租軽減の意見書を提出していた。木戸の意図するところは、「百姓一揆は士族の蜂起とは違う。地租改正の成功を急がず、地方の実情を把握し人民が困窮しないように税を軽減し……」というものであった。また、木戸には農民一揆に対する政府の高圧的な武力弾圧への違和感・嫌悪感があり、農民には同情的であったといわれている。

それとは対照的に、大久保は政策実現のためには弾圧も厭《いと》わぬ徹底主義者であった。だが、地租改正を目指す全国的な一揆の広がりに、大久保も木戸の直言を受け入れざるを得なくなり、一揆を鎮静化させるため税の軽減を決断した。それを受けて、明治十（一八七七）年一月に地租は地価の一〇〇分の三から一〇〇分の二・五に、地方税は三分の一から五分の一に減じられることとなった。

これが総額で二十五パーセントの減額となったことで、

竹槍でちょっと突き出す二分五厘

という闘争の勝利を喜ぶ農民の詠んだ川柳として世に広まっていった。

農民一揆の頻発で騒然とする中、それに刺激されたかのように明治九（一八七六）年十月になると事態は切迫し、不平士族の動きが激しくなった。その端緒となったのが肥後の神風連（敬神党）の乱であった。

十月二十四日深夜、旧肥後藩士族太田黒伴雄らによって結成された敬神党（神風連）百七十余人が、廃刀令や秩禄処分への反対運動として決起した。敬神・尊王・攘夷の思想を受け継ぎ、政府の西洋化政策に真っ向から対立する彼らは、西洋式の火器を嫌って銃を持たず、刀と鑓《やり》だけで戦ったのである。当初は不意を突いての襲撃が功を奏し、熊本鎮台司令官種田政明宅、熊本県令安岡良亮宅を襲い、種田・安岡ほか県庁役人数名を殺害した。その後、全員で鎮台を襲撃し城内の兵士を殺害しつつ砲兵営を制圧する。

しかし、翌朝になって官軍側では将校児玉源太郎らが駆け付け、体制を立て直し反撃を開始すると形勢は一変、敬神党幹部の加屋霽堅《はるかた》・斎藤求三郎らは銃撃を受け死亡し、首謀者太田黒も銃撃を受け重傷を負い、民家に避難後自刃した。指導者を失ったことで生き残った者たちは撤退するか、自刃するしかなく、乱は一日で鎮圧された。

三日後の二十七日、肥後の神風連の決起に呼応して、福岡黒田家の支藩である筑前秋月藩の今村百八郎を中心とする秋月党が挙兵し、福岡県警察官を殺害した。この後、秋月藩士族は事前に約束のあった旧豊津藩（小倉藩）の一部士族と合流のため豊津に向かった。ところが旧豊津藩としては決起しない方針を固めていて小倉鎮台と内通し、鎮台兵とともに秋月党を攻撃した。死者十七名を出した秋月側は退却し、秋月党を解散し宮崎車之助・磯淳・土岐清ら七名は自刃したが、なおも抗戦を主張する今村（宮崎車之助の実弟）は残兵を率いて秋月に戻り、秋月党討伐本部を襲撃し県高官二名を殺害、反乱加担の士族を拘留していた倉庫を焼き払った後、逃亡したが逮捕された。首謀者とされた今村百八郎と益田静方《よしみち》は福岡臨時裁判所での判決により即日斬首に処された。

明治九（一八七六）年十月、肥後熊本の神風連の乱と筑前秋月の乱に踵《きびす》を接するように起こったのが、山口県士族前原一誠を首謀者とする萩の乱であった。頭目の前原一誠は高杉晋作らと下関に挙兵して藩権力を奪取し、干城隊頭取として倒幕運動に奔走した。戊辰戦争では北越戦争に出陣し参謀として会津戦線で活躍し、明治三（一八七〇）年戦功を賞されて賞典禄六百石を賜っている。

維新後は越後府判事や参議を務め、大村益次郎の死後は兵部大輔を兼ねたが、大村の方針である国民皆兵（徴兵令）路線に反対して木戸と対立した。その後、兵部省で隠然たる勢力を誇る山県有朋との間で確執が生じ、追い詰められた前原は省を去り、参議も辞め下野することとなった。山県は徴兵制を支持し推進する立場で、前原は排除せねばならぬ不満分子であった。

萩に帰郷後、新政府の方針に不満の前原は各地の不平士族と連絡を取る日々を送っていた。鹿児島へも使者を送っていたが、西郷の側近である桐野利秋が同調することはなかった。その折のことであった。秋月党の宮崎車之助が熊本の神風連を訪ね、共通の敵に立ち向かうべく盟約を結ぼうと提案した。反新政府で一致する者同士であり、意気投合し行動を共にする密約を結んだが、萩の前原も仲間に加えようと宮崎が持ちかけた。そこで急遽萩を訪問し、宮崎と神風連の三名は前原と面談することになった。前原は来訪を喜び、即座に共に立つ約束を交わしている。

その前原に熊本城下での神風連挙兵の報が入った。報が入るや、前原は同志を集め決起の趣意書を作り、須佐や徳山の同志に使者を送り決起を促した。十月二十八日、前原は旧藩校明倫館を拠点として殉国軍の看板を掲げ同志を募るも、思ったほど集まらず二百名ほどであった。嘗《か》つて前原が頭取であった干城隊は、現幹部が木戸に通じていて新政府側となっていたので期待するほど集まらなかった。

挙兵後、県庁を襲撃しようとしたが、政府側に事前に察知されていたため、天皇への直訴に方向転換し須佐より山陰道を東上しようとし、須佐兵六十七名と合流し約三百名ほどで須佐で拠点を確保した。そして、東上すべく海路浜田に向かったが、悪天候で断念し江崎に上陸した。

そこで、萩で前原派の残党が処罰されているという報に接し、萩に戻ることを決意し明倫館に戻ったが、待ち伏せしていた政府軍と市街戦となった。これを退けるも弾薬欠乏から前原を含む幹部五名のみ直訴のため、別行動をとることとなった。前原たちは東京へ向かうべく萩越ケ浜を船出したが、悪天候のため宇竜港に停泊中通報され、島根県令佐藤信寛らに包囲されたが、弁明の機会を与えることを条件に投降し逮捕された。

しかし、十二月三日に山口裁判所・萩臨時裁判所で、弁明の機会を与えられぬまま判決が言い渡された。首謀者とされた前原と奥平謙輔および横山俊彦、佐世一清（一誠の実弟）、山田頴太郎（一誠の実弟）、有福旬允、小倉信一、河野義一の八名は、斬首に処されることとなった。

木戸は明治三（一八七〇）年一月の旧奇兵隊士らの脱退騒動に続いて、山口での反乱の勃発を恐れていたが、士族の不満分子に担がれそうな前原が萩に隠棲しているのを不安視していた。それで官職に就くことを勧めたが、政府の政策に批判的であった前原は中々上京せず、明治八（一八七五）年になってようやく上京し木戸を訪ねてきたが、それで義理を果たしたとばかりに、木戸に連絡も取らず、突然東京を離れ帰郷してしまった。その後、前原のところへ他県からの来訪者が出入りしているとの報に、木戸の憂慮は絶えなかった。

そのような前原の動向は政府も摑んでいて、西郷との連携を探るべく探偵を送り込んで前原に探りを入れていたのだ。明治九（一八七六）年一月に、鹿児島から西郷・桐野の使者と称して、二人の男が西郷の密書持参で前原に会いにきた。前原らに賛同する西郷の密書を読んで、前原は喜びのあまり剣を抜いて空を切り、快諾の書を認《したた》め渡したと伝わる。使者は政府の放ったスパイだったのだが、大久保あたりの指示によるものであろう。

萩の乱の前に前原が鹿児島へ使者を送ったとき、それがスパイであったことを知らされ、騙されたことを悟った。そして、もう後へは退けないことを覚悟したという。

反政府の姿勢が明白な上に、決起し逮捕された前原ではあったが、それでも刑執行の際には関口隆吉山口県令が前原らに別れを告げに来ている。また、別れの宴では生卵を肴に酒を飲み、前原は白装束で詩吟を謳うことを許されるなど優遇されていた。これらは維新の功労者である木戸とはいえ、大久保の諒解がなければ実現不可能であった。これは取りも直さず、木戸が新政府から去らぬように、また長州における彼の面目が立つようにした措置であり、大久保の配慮であった。

それとはあまりにも対照的な扱い方であったのが、明治七（一八七四）年二月に起こった佐賀の乱のときの、江藤新平と島義勇《よしたけ》に対する大久保の厳しい対応であった。東京での裁判を望む江藤に対し、大久保は急遽設置した臨時裁判所で、権大判事河野敏鎌に審議を行わせ、僅《わず》か二日間の審議で十一名が斬首となり、江藤と島は曝《さら》し首にされた。

大久保は司法卿時代の江藤の、陸軍公金流用事件での山県への厳しい追及、さらには陸軍省延いては政府への波及を恐れていた。その追及を征韓論政変での江藤の参議追放で交《かわ》し、何とか追及から逃げ切ったが、その意趣返しが佐賀の乱での斬首と梟首《きょうしゅ》処分であった。江藤の返り咲きがあれば、追い落とされる恐れがあったからである。自分に楯突く者には厳しい対応を忘れぬ大久保であった。

一方、士族の蜂起や農民一揆で騒然とする世情に、鹿児島の西郷は興奮を隠せないでいた。萩からの協力要請を断ったことを忘れたかのように、徳山や柳川そして熊本の士族らが前原に同調するとの情報を確かなものと思い込むなど、騒動の勃発を楽しむかのような西郷であった。さらに、鳥取や岡山の士族らが応じるであろうという楽観的な見通しを立て、その旨を心を許していた桂久武に書簡で伝えていた。

しかし、西郷の見込みとは違っていた。各地での士族反乱は予想外に早く鎮定されていて、私学校で燃え盛っていた別所晋介らの即時決起論は、時期尚早と引っ込めざるを得なくなった。それでも士族の反乱を愉快と感じる風潮は、鹿児島士族の間では当たり前の感覚であった。

こうして鹿児島県士族の不平不満は熊本をはじめとして九州内、ついで全国へと伝播していった。それが西郷や桐野らが数千の兵を率いて上京するという風説となり、一人歩きしていったが、西郷らを批判するものではなく、反対に言論を抑圧する大久保政権の打倒を期待する声でもあった。

私学校徒暴発

西郷が兵を引き連れ上京するという噂は、当然の如く政府要路者の耳に入っていた。噂に過ぎなかったが、無視することはできない。それに加えて鹿児島の不穏な動静が伝えられ、木戸たちの憂慮は深まっていく。

憂慮の根源は鹿児島に保存されている、陸海軍省管理下の武器弾薬であった。仮に反乱が発生したならば、反徒が武器弾薬を強奪することは目に見えていたからである。そこで木戸が中心となって検討を重ね、武器弾薬の搬出を決断した。そして、明治十（一八七七）年一月二十九日に県にも通達せず、三菱汽船の赤龍丸で陸軍省砲兵属廠《しょう》にあった武器弾薬を確保し、大阪へ搬出した。

政府が薩摩の財産を無断で持ち出したことを知った私学校徒たちは激高し、刺激された生徒二十数名が、同夜、草牟田にあった陸軍の弾薬庫を襲って武器類を奪取する。鹿児島属廠の火薬・弾丸・武器・製造機械類は、藩士が醵出《きょしゅつ》した金で造ったり購入したりしたもので、一朝事があって必要な場合は、藩士やその子孫が使用するものと考えられていたからである。また、政府による武器弾薬の奪取は私学校撲滅策と判断され、その日から二月二日にかけて、連日各所の火薬庫が襲撃される事態となった。

武器弾薬強奪事件の発生前の明治九（一八七六）年十二月末、大警視川路利良の内命を受けた少警部中原尚雄、中警部園田長照ら在府中の鹿児島出身の警察官・学生ら二十人ほどが、県下の視察と士族たちを私学校から離脱させるべく、その説得工作のために帰郷の途に就いた。ところがその年の八・九月ごろより、鹿児島では西郷を暗殺しようとする者が潜入したとの風評が飛び交い、数名が密かに西郷の警護に当たっていたのだ。

その最中での中原らの帰国であったため、私学校関係者は不審の目で中原らを監視するも帰国の目的は分からなかった。そこで、私学校幹部の篠原国幹・河野主一郎・高城七之丞らはスパイを近づけ、本当の帰郷目的を探ろうとした。それに選ばれたのが、中原と同じ外城士出身の谷口登太と児玉軍治であった。

二人は私学校徒ではなかったが中原とは面識があり、とりわけ谷口は中原と懇意にしていた。大勢力となった私学校に与《くみ》しないと村八分にされかねない状況下、私学校への入学許可の条件として、中原の動静探索を命じられた谷口は中原と交流を重ね、ついに重要な情報を入手した。それは、「西郷が挙兵の動きをみせれば会って議論に及び、聞き入れなければ刺し違える外ない」というものであった。

谷口の報告を聞いた幹部たちは善後策を話し合い、大隅半島の小根占《こねじめ》で健康管理を目的とした狩猟に時を過ごす西郷の許《もと》へ、末弟小兵衛を使者として送り出すとともに、私学校党の中心人物である桐野利秋の帰りを待っていた。在所の吉田村にいた桐野は鹿児島に戻ると、別府晋介とともに篠原宅に駆け付け、辺見十郎太らの小根占への派遣を決める。

辺見らから私学校徒の弾薬庫襲撃の話を聞いた西郷は大層驚き、彼らの粗暴な挙動を譴《けん》責《せき》した。それが、

「しもうた。おはんら何ちゅうこと為出《しで》かしたのか。賊のすることだ」

という西郷の言葉となったのである。

谷口の報告を聞いた私学校党幹部は、予《かね》て行動を追っていた帰国中の密偵たちの捕獲に取りかかった。そして、中原尚雄をはじめとして密偵たちを次々と逮捕し、苛烈な拷問に掛けた結果、中原は川路大警視が西郷の暗殺を自分らに指示したと自供した。

それを聞いた私学校徒は激昂し、暴発状態となった。

二月四日夜、小根占から戻ってきた西郷は、幹部たちを伴って旧厩跡にあった私学校本

校に入ったが、帰途、西郷を守るために各地から私学校徒が馳せ参じ、鹿児島へ着いたときには相当数に膨れ上がっていた。

翌二月五日、幹部および分校長ら二百余名が集まった私学校党会議で、今後の方針が話し合われた。篠原や桐野らは西郷に決起するよう強く要請したが、西郷は私学校徒と鹿児島の士族だけでは、政府には敵対できないことは分かっていたので沈黙を守っていた。

だが、政府が戦いを仕向けてきた以上、最早《もはや》、私学校徒の熱情を抑えることはできぬと判断していた。これまで暴走しそうな生徒たちを何とか抑え込んできたが、暗殺計画が露見しては手の打ちようがなくなっていた。西郷は沈思黙考の末、生徒に向かって告げた。

「おはんらの気持ちはよう分かった。おいの命はおはんらに預ける。存分にするがよい」

西郷の言葉を受け、具体策の検討に入ったが諸策百出し紛糾した。別府晋介と辺見十郎太は問罪の師を起こす（武装蜂起）べしとし、永山弥一郎は西郷・桐野・篠原の三将が上京して政府に詰問すべきであると主張、この永山案には山野田一輔・河野主一郎が同調したが、池上《いけのうえ》四郎が暗殺を企む政府が上京途上で危難を加える恐れありとして反対した。

その他、村田三介は三将に寡兵《かへい》が随従する策を、野村忍介は野村自身が寡兵を率いて海路小浜に出て、陸路で京都に行き、行幸で京都にいる天皇に直接上訴する、という策であった。喧々囂々《けんけんごうごう》とする中、座長格の篠原が「議を言うな」と一同を黙らせ、それを受けて桐野が「断の一字あるのみ、旗鼓堂々総出兵の外に採るべき途なし」と断案し、全軍出兵論が多数の賛成を得、出陣が決まったのである。

二月六日、私学校本校に「薩摩本営」の門標が掲げられ、従軍者の登録が始まった。西郷を中心に作戦会議が開かれ、「熊本城に一部の抑えを置き、主力は陸路東上する」という池上の策が採用された。二月八日には部隊の編成が開始される。

その翌日の九日に状況視察のため、西郷の縁戚川村純義海軍中将が西郷に面会に来たが、桐野と篠原の反対により会うことができず、県令大山と鹿児島湾内の艦船上で会見した。このとき、大山がすでに私学校党が東上したと伝えたため、川村は西郷と会うことを諦め帰途に就き、長崎に電報を打って警戒させた。

その二日後の十一日、大久保内務卿の密命を受けた野村綱が鹿児島に帰ってきた。ところが、密偵たちの捕縛の最中であったので警戒が厳しく、帰国の理由を隠し切れないと観念した野村は、内務卿の意を受けてきた旨を自訴に及んだ。さらに、帰県した警察官らの名前と暗号書を手渡されたと自白したので、西郷の暗殺計画に大久保も介在していた疑いが濃厚となった。野村は宮崎県に出仕し中属の県官であったが、廃県となった折に上京し鹿児島の近況を大久保に報告した。その内容が高く評価され、大久保の配下となって、探索のために帰郷した。

一方、政府側は川路大警視の指示は暗殺ではなく、視察であるとした。暗殺（刺殺）か視察かで論争となり、暗殺計画は私学校側のでっち上げであると強弁に及んだ。

だが、西郷軍の帰還兵士で大正元（一九一二）年十月十六日に上梓された『薩南血涙史』の著者である加治木常樹が、川路大警視より西郷暗殺の指示をうけた当事者の中原尚雄から、直接話を聞いたという谷口登太を、小山田村の谷口の自宅で明治四十三（一九一〇）年四月二十日に取材していた。友人の敷根賀倍を証人として同席させている。取材した理由は、谷口が当初私学校へ提出した報告書と、東京警視庁にて供述した口供とが大きく矛盾している点を確認するためであった。

谷口によれば転戦を重ね延岡長井村で可愛岳《えのだけ》突破を試みるも果たさず、山中に潜伏していたが政府軍に捕まり、宮崎、鹿児島、長崎と盥回《たらい》しにされ、最後に東京に送られ警視庁監倉に収容された。そこで三回の取り調べを受け、中原と対決したが彼は西郷暗殺のことは言った覚えはないと主張し、自分と論争となったという。

谷口は在檻中、中原暗殺事件について初めは強硬に申し立てをしていたが、ある夜、旧

同僚の川畑警部が密かに訪ねてきて、谷口を呼び出し、

「その申し立てによりては首のなきことになるかもしれず、聞く君はほどよく申し立てをなす方然るべし」

旧友の誼《よしみ》により忠告するとのことであった。

谷口もこれがため恐怖して申し立てを変更したという。

私学校幹部であった河野主一郎から加治木常樹が聞いた話として、谷口はついに官の籠絡するところとなり、警視庁から釈放されるに及んで羅紗の羽織などを警視庁在勤の旧友から貰い受けて帰県したという。当時の風説であった。

しかし、加治木は明治四十三（一九一〇）年四月二十日の会談で、

「暗殺のことは正《まさ》しく中原から聞きたることに相違なき事実なり」

と谷口登太から聞いたと認めていた。


暗殺計画が露見した以上、後には退けなくなった。問題はその計画が事実かどうかであったが、西郷は大久保らによるとされる暗殺計画を真実と受け止めていた。

西郷が鹿児島を出立する際、県令大山に、

「中原はじめのことも、川路一人の了見ではあるまい。内務卿が野村綱に談じたるに、火薬も取りに遣わしたと云う、もってすれば内務卿も承知のことと考えるのが至当である」

と語ったことがそれを裏付けていた。

中原らの供述だけでなく、野村綱に大久保が語った話の内容とを考え合わせ、暗殺計画がかなりの程度、信憑性があると西郷は判断するに至った。本来、内務卿の職務ではない武器弾薬の搬送問題に大久保が口を挟んだことで、大久保が今回の一件に関与したと見做《な》したのである。

西郷が暗殺計画を真実と判断した背景には、彼しか理解し得ない大久保の人間性への認識が関係していた。幕末以来、盟友というよりも後輩として眺めてきた大久保という人間は、目的のためには、手段を選ばぬ非情な男であった。理があるとは見えない中、政権を返上した徳川慶喜に難癖をつけ、敗者の立場に追いやったのも彼であった。また、西郷の熱望した朝鮮使節就任を、閣議決定がなされていたにもかかわらず、不法な手段で覆したのも大久保である。自派の政権を安泰なものとし、そのうえで富国強兵策を推進するためには、鬱陶しくなっていた西郷を暗殺というかたちで抹殺することすらやりかねない人物が、大久保だと西郷は理解していたのだ。

大久保に対するこのような理解は西郷だけのものではなく、勝海舟も共有していた。久しぶりに訪ねてきた英国の外交官アーネスト・サトウに、西郷暗殺の陰謀は川路が主犯で大久保は共犯であることは間違いない、と言い放ったという。

外城士（郷士）出身の川路にとって、城下士は恨んでも恨み切れない仇敵であった。どれほど見下され、馬鹿にされてきたか。外城士である部下たちも同じ考えであった。その城下士の私学校徒の背後にいるのが西郷である。

確かに西郷には世話になった。今の地位に就けたのも彼のお陰であるが、自分の努力でここまできた。現在の地位に就いてようやく人間らしい生活を送れるようになったが、それを西郷は贅沢にすぎる、もっと質素になれと会う度に口にする。目をかけてくれる大久保はそんなことは言わぬ。好きにさせてくれるし、愛妾がいるのを隠したりしない。いまでは西郷が目障りになってきた。

ここに大久保と川路が介在する西郷暗殺計画を二人に問い質す（尋問）ために、西郷らは東京を目指すこととなった。これに対し西郷から尋問のため上京すると聞かされた県令の大山は、沿道の府県・鎮台へ西郷軍が上京する主旨を通知しておくべきだとし、大山の名をもって尋問のため西郷軍が上京する旨の通知書が、県令が派遣した専使によって、沿道の県庁や鎮台に届けられることとなった。

しかし、西郷らが決起の理由を、大久保・川路の介在する暗殺計画への尋問だけに絞ったことで、却って西郷と大久保二人の間の私怨を晴らすための、些細な喧嘩程度のことと見做されてしまった。それを裏付けるような批判が、東京曙新聞の三月一日の社説に掲げられていた。それには「人民のための権利を保護するにも非ず、自由を伸暢するにも非ず、大義名分を持ち得ない、私情を晴らそうとする暴発だ」と糾弾していた。

鹿児島を出立してから半月ほどの時点でのそれで、期待外れの決起とばかりに手厳しい批判であった。さらに四月十四日のそれには「今回の挙兵は西郷一己の身上に関係するもので、名義なく条理なき暴発である」と切って捨てていた。

その一方で、反対党を許さない大久保の強権政治を、近代思想の立場から憎悪する福沢諭吉やその流れを汲む者たちは西郷支持を掲げて論陣を張っていた。

外国の外交官も東京曙新聞と同様の見解であった。イギリス公使パークスが自国外相に宛てた報告者の中に、反徒はあらゆる点で政府軍より劣っていて、他の地方の士族が参加するか、民衆の同情で勢いづくのでなければ勝算はないと記していたのだ。

これらの見方は、当時の世間一般が問題としていた、大久保政権の在り方を問う決起であれば、西郷勝利の可能性があると予見し期待する立場であった。大久保政権は天皇の考えや知識人・民衆の意見を抑圧し、数人の政府高官による臆断と専決による政治を行っているとの批判を浴びていた。そこに西郷の決起を評価する福沢諭吉たちの理由があった。

いわゆる有司専制政治で、その弊害を西郷は承知していたにもかかわらず、挙兵の名義とせず、暗殺問題だけを取り上げて進軍を開始したことは、挙兵の名義としては貧弱過ぎた。また、西郷軍の中核を占める私学校徒の大半が、戊辰戦争を命懸けで戦ったにもかかわらず、自分たちがつくった政府の高官が自藩を潰し、士族の特権を奪ったことへの怒りに駆られての決起であったはずである。敗れ去った神風連の乱、秋月の乱、萩の乱の士族たちの思いも私学校徒たちと違いはなかった。

大久保政権に批判的な他府県の士族や民衆を味方につけるには、それ相応の理由が必要とすれば、西郷は何故、有司専制政治と士族の怒りを争点としなかったのか。武士の時代への回帰は時代錯誤であったからか。現に西郷に与《くみ》して西南之役を戦った日向や肥後の士族の多くは、武士の矜持から立ち上がったのである。たとえ、時代錯誤と言われようと。

それに加え西郷軍に逆風が吹き始めていた。明治九（一八七六）年に頻発していた農民一揆が、翌十年一月四日の地租減税の詔勅が出て以来、農民たちの不満が収まり一揆は下火となっていた。以後農民らが旧士族の反乱に与することはなくなってきた。

西郷軍出立

明治十（一八七七）年二月十四日、私学校本校横の旧練兵場で、西郷による一番から五番大隊の閲兵式が行われたが、別府晋介率いる独立大隊は、先鋒としてすでに加治木から熊本へ向かって進発していた。翌十五日、五十年ぶりの大雪の中、篠原国幹を隊長とする一番大隊と村田新八の二番大隊が旧練兵場を出発していった。

十六日には永山弥一郎率いる三番大隊と桐野利秋の四番大隊、十七日には池上四郎の五番大隊と砲隊が出立し、西郷は陸軍大将の軍服で砲隊と共に進み、島津家の磯邸の門前を礼拝して通り、鹿児島湾に沿った東目街道を北上、加治木を経て一路、熊本へ向かった。出軍兵士総勢一万三千（城下士千六百、外城士一万千四百余）であった。

そのとき、沿道は見送る群衆で溢れていたが、見送りに行った盟友桂久武は、貧弱な輜《し》重《ちょう》に対する懸念と西郷への友誼から、急遽、従軍を決意し下男に刀剣などを取りに帰らせ、西郷軍の輜重隊の総責任者に就いた。

「西郷立つ」の報せが日向に入った最初は、二月四日付の鹿児島県令大山綱良からの宮崎支庁詰の長倉訒《しのぶ》中属宛ての内報であった。同時に支庁出仕の官吏に宮崎支庁の公金の取り纏《まと》めを指示し、ほぼ全額を鹿児島へ送らせていた。これで大山の挙兵同調・支援が鮮明となった。

西郷決起の報に対する日向の諸藩の反応は様々であったが、その多くが県庁の巧みな誘導での挙兵となったのは紛れもない事実であった。当初、各藩は慎重で、出兵の可否について県庁に問い合わせを行っていた。これに対して大山県令は判で押したように、「自分で決めるように」と返答する。この対応にじれた若者が決起して隊を編成し、藩全体が他藩から孤立するのを恐れて出陣へと引っ張られていった。

大山の筋書きどおりに事は進んでいったのだが、これが日向の士族たちへの同調圧力となり、敗色濃い中での六か月余の間、悲喜こもごもな思いとともに戦士たちに伸しかかっていった。自発的に出動した熊本・大分の党薩諸隊とは、あまりにも対照的であったのだ。

日向諸藩の中でも薩摩の影響力の強い、薩摩島津家の支藩佐土原藩の動きはどうであったか。宮崎支庁の長倉中属（飫肥出身）の許に、二月四日、県令大山から私学校徒が西郷を擁して決起した、との報が入ったのを知った佐土原藩出身の支庁詰の小牧秀発は、早々に官を辞すと佐土原に帰った。

帰着後すぐに、藩主忠寛の三男で、米国から帰国後に学校を立ち上げたばかりの島津啓次郎を訪ねるとともに、有志を招集して今後について協議した。藩主の子息で気鋭の逸材と周囲が認める啓次郎は、政府高官の中でひときわ質素清廉であった西郷に親近感を抱いていた。西郷の下野後、有司専制政治を展開する政府に反発していた彼は、西郷決起の報に、学校を解散し佐土原隊の総裁に就いた。

そして、第一次佐土原隊を編成し、身内の反対を押し切り、二月九日に鹿児島に向かった。十三日鹿児島に到着した啓次郎は県庁で大山県令に会い、独立の兵をもって戦いに参加する旨を告げ、使者を私学校本営に送り来着を報告。また、西郷へ書簡を送り従軍を志願するも、西郷は若い啓次郎の将来を案じ反対するが、それを押し切ってまで初心を貫く思いに迷いはなかった。翌十四日、二番隊も到着、輜重隊二十名を編成し本隊付きとし、十八日、啓次郎率いる佐土原隊は薩摩大口へ向かって鹿児島を発った。

宮崎支庁の長倉中属の出身地飫肥へは六日午後、同じく支庁詰（宮崎裁判所勤務）石川駿《はやし》が早馬で内報の写しを携え急行した。他の旧諸藩に後れをとらぬよう義挙に加わり、西郷の指揮の下で行動するように、という長倉の伝言を持っての帰還であった。

それを受け翌七日、衆議が行われ参戦が決まる。八日に伊東直記（藩家老）を隊長に士族隊を結成した。旧藩首脳部にも異論はなかった。志願者を募ると、西郷に付いていけば武士に戻れそうだという期待からか、続々と千人ほどが集まった。その中から百五十人余を選出し一番隊が編成された。

数の多さに川崎新五郎（権大参事）を隊長とする二番隊も編成された。その最中、四名の先遣隊が薩軍に随行できるのかを確認するため、九日に鹿児島に向かって出立していった。二月十五日、先遣隊が戻り、飫肥兵は清武兵とともに高千穂を通って熊本に出て、同地で薩軍と合流するようにとの薩軍本営の指示を伝えた。

薩軍は私学校の生徒だけの出軍で日向の連中の随行はお断り、といわんばかりの対応であった。日向地方を鹿児島の属地としか見ていない、私学校党の傲慢さが表れていた。

飫肥兵と清武兵は一緒にというのには訳がある。清武郷は薩摩藩の分家がある佐土原方面より攻めてくる場合に備えての、飫肥藩の北の軍事拠点であった。薩摩の直轄領の高岡や山之口方面からの備えの役割も担っていた。それもあって、飫肥藩は家老職に匹敵する清武地頭を置き、飫肥の士分全体の三割に相当する四百七十名を配置していた。二月十九日、飫肥兵と清武兵とが合同で出発していった。

日向地方唯一の譜代大名である内藤家の旧延岡藩は、二月四日、宮崎支庁長の藁谷《わらがい》英孝から延岡の大区長塚本長民と、旧藩大参事大嶋味膳宛てに鹿児島の動静を報せてきた。それは、私学校徒が陸軍火薬庫を襲撃して、弾薬を略奪する騒動を起こしたというものであった。藁谷は幕末時の薩藩との交渉での豪胆ぶりを大山綱良に評価され、宮崎支庁長に就任を要請されて以来、大山県令の知遇を得たことで親薩摩派となっていた。それもあって今回、薩軍への参加出兵を頻りに要望してきていた。

だが藩首脳部にとって、十年前の戊辰戦争の苦い経験が足かせになっていた。徳川家譜代の立場から延岡藩の判断は幕府に甘く、戦後、朝廷から賊軍加担の追求を受ける羽目となってしまった。それが今回の慎重論になったのだが失敗は許されない。それもあって鹿児島県庁に伺いを立てようと使者を送りだしたが、

「県庁にては出兵の可否は指示に及び難き」

との回答に一同は失望して県庁を辞去した。

しかし、これで諦めるわけにはいかず、薩軍の真意を探ろうと薩軍本営を訪ね、来意を告げるも巡検の兵にみとがめられ、

「延岡人には用事はごわはん」

と追い立てられる有様《ありさま》であった。

この仕打ちに出兵は見合わせようとの意見が強くなったが、飫肥隊が清武に到着し、二十二日に延岡に現れるに至って、延岡だけ傍観するわけにもいかず、二十二、三日に旧藩軍務局大隊長の大嶋景保を隊長に、小隊百四十名余が出発することとなった。

佐土原同様、薩摩の影響力の浸透著しい、薩摩藩大身分の都城島津氏が治めていた都城へは、薩軍から出兵要請が届いていた。都城は薩摩藩の私領としては最大で、郷士を含む多くの武士がいた。藩内は従軍派が大多数、反対派は少数、中立派は百名余であった。大多数が従軍派であったことで、少数の反対派はそれに飲み込まれ、百名を越える中立派は混乱を回避するため、旧藩主らとともに桜島に避難した。従軍派一色となった都城は、三月八日に党薩一番隊が出発していった。

旧高鍋藩へ支庁詰の県官から大山県令の内報が齎《もたら》されたのは二月十日であった。日向各地の動静を伝え聞いていた士族たちには動揺があったが、置県後、高鍋には士族の衆議決定機関が置かれており、その機関で参戦の可否を議論したが、賛否両論で結論がでなかった。そこで、代表四名が鹿児島県庁に出頭し出兵の可否を問い合わせたが、「県庁の与《あずか》り知るところにあらず」との返答であった。

　また、私学校本営でも私学校徒以外は随行を許さずとの返事で、一時は出兵しないことに決め、血気の輩の鎮撫に努めることになった。ところが、三月になって薩人貴島清が兵を引き連れ宮崎入りすると、高鍋不出兵ならば兵力をもって蹂躙するとの噂が流れ人心が動揺した。だが、貴島との談判で桐野利秋が大山県令へ宛てた募兵依頼文をみせられ、高鍋だけが孤立することを恐れ、三月九日をもって出兵することに決定した。戊辰戦争の総指揮官であった武藤東四郎らの参戦派が、反対派を拘禁して参戦に押し切ったからで、志願の中から二百余人を選び、都城隊に次いで人吉を経て熊本へ向かうこととなった。

　当時、旧高鍋藩の飛地領である櫛間は鹿児島県第十区となっており、その区長が戊辰戦争で高鍋藩の先鋒として活躍した坂田諸潔《もろきよ》であった。坂田は西南之役が勃発すると鹿児島の知友桐野利秋を訪ね、桐野に挙兵を約束し、大山県令から挙兵の許可を得て高鍋隊とは独立した福島隊を結成した。結成趣旨は「鹿児島の南洲翁が政府へ問責のため、兵を率いて上京の途に就いた。途中、人民が動揺して騒動になってはいけないので、これを鎮撫することを県庁に願い出て許可を得たので出兵に参加する」との説明で兵を募り、櫛間を出発していった。

ところが、日向美々津に到着した日、熊本への参陣を求める桐野の書状が届き、坂田は薩軍本営のある熊本の川尻へ進路を変更、三月十四日に到着した。早速、桐野と面談し、福島隊の持ち場は安政橋と決まったが、配置に着いた兵士たちは進路変更に不満を抱えたままであった。

一方、熊本へは「明治十年二月十五日早朝、鹿児島では五十年ぶりという大雪の中、薩軍が進発した」という急報が伝わった。その報せに熊本市中は興奮の坩堝《るつぼ》と化した。とりわけ熊本士族は動揺し、西郷挙兵に加担するか否かについて議論沸騰した。

だが、喧々囂々《けんけんごうごう》議論百出するばかりで纏《まと》まらず、二十二日の薩軍の熊本城攻撃開始まで紛糾し続けた。議論が紛糾したのは薩軍の挙兵事由の、「大久保と川路が介在する西郷暗殺計画を問い質す」にあった。熊本の士族たちには、徒《いたずら》に刺客の事をもって兵を挙ぐ、名分の正しからざるを如何、という不満、不信があったからである。

名分立たずとする不満や西郷の言動に対する不信も、熊本城攻撃開始という現実によって雲散霧消した。最早、向背《こうはい》を決するしかなく、薩軍と相提携し、相救援することに決定し、薩軍に党して挙兵することとなった。

それにより独自の挙兵理由を掲げて名分を正す必要に迫られ、挙兵の趣意書を掲げることにし、池辺吉十郎の命を受けた佐々友房、山崎定平、深野一三らの帷幕《いばく》の士が論定したものを、友成正雄が執筆起草した。

「陸軍大将西郷隆盛等将《まさ》に大兵を率い、廟堂に到り問うところあらんとす。既に熊本鎮台において戦端を開く。未だ其の旨の如何とするを知らずと雖《いえど》も、これ実に国家の安危、天下存亡の機にして、臣子身を投じて国に報ゆるの秋《とき》なり。これを以《もっ》て同志の士数百人断然星馳《せいち》し、以て禁闕《きんけつ》を護り鞠躬尽瘁《きっきゅうじんすい》たおれて後已《やま》んのみ。若しそれ豺狼《さいろう》あり道に横たわりて敢て勤王の師を妨げば、則ち一喝、駆除して過ぎんのみ」

当時、熊本には学校党、実学党、勤王党、民権党の各党派があったが、勤王党（敬神党）は前年の神風連の乱で壊滅し、実学党は中立を標榜《ひょうぼう》していた。残る二派のうち、民権党は同志の有馬源内が桐野利秋や篠原国幹と面識があったので、彼を通じて鹿児島の情勢を探っていた。そして、私学校が挙兵すると、植木学校出身者を中心とした民権党の同志と熊本協同隊を結成し、平川唯一を隊長に二月二十一日、川尻で薩軍に合流した。

もうひとつの学校党は「時習館」系で旧肥後藩士の主流をなし、維新の新体制に乗り遅れたものの、県内に隠然たる大勢力を有していた。

肥後藩には「郷党」という武士団の制度があり、藩士は住む所、交わる所に随《したが》って、その地名を付した「連」（藩士の分団）を形成し、「郷党」と呼称した。また、諸郷党の首領は、池辺吉十郎、山崎定平、桜田惣四郎、松浦新吉郎など学校党首脳の面々で、新政に反感や不満を抱え政府転覆を画策し薩摩の西郷一派と気脈を通じていた。難点は各党派の寄合所帯にすぎず、薩軍の先鋒が二月二十日に川尻に到着するも、統一がなく一団として纏まり得なかったことだ。

そこへ西郷軍進撃の報が入るや、熊本地方の人々は騒擾《そうじょう》甚だしい状況に陥り、四方に逃げ惑う有様《ありさま》となった。これを指導・避難させなければならぬ県庁ですら、御船町へ移転して難を避ける為体《ていたらく》であった。混乱の最中、学校党の領袖たちが西郷に気脈を通じようとしていることも知らず、富岡敬明県令は彼らに県民鎮撫を委嘱した。これ幸いと、学校党は郷党ごとに相集い武装して鎮撫局に集合し、市民の鎮撫に努める傍《かたわ》ら、公然と挙兵の準備に取りかかった。

二十二日払暁から始まった薩軍の熊本城攻撃を機に、ようやく衆議一決し、同日午後、健軍神社社前で挙兵の式を執行した。総員一千三百人、十五小隊に分け、これを一大隊に編成し、「熊本隊」と称したのである。熊本隊の陣容は、大隊長に池辺吉十郎、副大隊長に松浦新吉郎、参謀役として桜田惣四郎、緒方夫門、大里八郎、山崎定平の四人。次いで実働部隊は一番小隊から十五番小隊まで、各小隊長がこれを率いることとなった。

挙兵を明らかにした熊本協同隊と熊本隊のほかに、旧肥後藩馬術師範の中津大四郎率いる「竜口隊」があった。中津大四郎は十九日の熊本城炎上を鎮台兵による放火と断じ、悲憤慷慨し直ちに剣を執って立ち、門下生はじめ同志四十余人を糾合、黒髪村の竜田口を警衛し、且つ薩軍の糧食一切を供給する兵站部として専ら後方任務に就いた。地名をとって竜口隊と称した。

ここに西南之役に熊本から参加した党薩隊は三隊で、総員約二千人であった。これとは別に、県内人吉では旧藩士の神瀬鹿三らを中心として、三月三日、人吉隊が結成される。神瀬を総長に、那須拙速を参謀とする約百五十人が、同六日、熊本隊と合併し川尻の警備任務に就くよう、薩軍本営の指示を命じられ出立した。

熊本城総攻撃

二月十九日未明、熊本城内で火災が起こり、烈風の中、櫓《やぐら》に延焼し天守まで焼失した。火災の原因は今もって不明とあるが、本営中、四か所よりの出火で放火の見込み、との大分警察署の曽根俊吉警部の報告がなされていた。同警部が熊本に探偵として出張していた折のことであった。その当時、薩軍は十七日に水股（水俣）村に宿泊、本隊は二十二日に熊本に着いたとのことで、薩軍による放火関与の可能性は極めて低い。

また鎮台側の厳重警戒下にあり、城内への侵入が難しい上に四か所からの出火でもあり、外部の者ではなく、鎮台関係者による放火と見るのが妥当と思われる。谷干城司令官も部下に対して背水の陣を敷き、退路を断って事に及んだのであろう。

二十日、薩軍の先鋒である別府晋介率いる独立大隊が川尻に到着した。別府は泰養寺という寺院を臨時の本営とし、哨兵《しょうへい》を配置し斥候《せっこう》を熊本城方面へ派遣した。

同夜、鎮台参謀長の樺山中佐の派遣した偵察隊が薩軍と遭遇、発砲して両軍の間に小規模ながら戦闘が開始された。

これを受け別府は薩軍の宿営のある小川まで馬を飛ばし、桐野、村田両将と会談、「鎮台兵の方から先に発砲し、薩軍に戦いを挑んだ。非は鎮台にある」として開戦を決意し、両将は二番、四番大隊を率いて直ちに出発した。

二番、四番大隊の尖兵の一部が翌二十一日の午前七時、熊本市内の坪井・通町の方面に進出したところを熊本城内の守兵が砲撃、ここに鎮台兵との戦いが開始されたが、これも小規模な戦闘でしかなかった。二番、四番大隊の大部分は後続部隊の到着を待って川尻に止まっていたからである。二十一日夕方、御大将西郷が川尻に着き泰養寺本営に入った。

西目街道を進む一番、三番、五番の三個大隊は、鹿児島県出水の米ノ津から船に乗り熊本県の佐敷に上陸、八代経由で松橋《まつばせ》に到着したのが二十一日の夕刻五時ごろであった。篠原・永山・池上の各大隊長は、別府の急報で道を急ぎ、その夜遅くようやく川尻に着いた。

幹部が揃った同二十一日深夜、軍議が開催された。ここで熊本城強襲が決定し、各大隊は早暁から攻撃配備に就くこととなった。熊本城総攻撃軍の陣容・兵力は、正面軍が約二千五百人で四番桐野大隊と五番池上大隊、背面軍は約三千人で一番篠原大隊と二番村田大隊と独立大隊、予備隊は約三千八百人で三番永山大隊と独立大隊の一部および未着部隊と輜重隊であった。

二十二日夜明け前、池上四郎が五番大隊千七百名を率いて安政橋から進軍したが、城内から砲撃を受けたため、散開し態勢を立て直し攻撃を開始した。その後方より四番大隊が進出、次いで独立大隊、二番大隊、一番大隊と続き熊本城を完全に包囲し、午前七時ごろから一斉に砲火をあびせかけた。これが薩軍の第一回総攻撃の開始であった。

しかし、薩軍の猛攻にも熊本鎮台兵が想像を遥かに超える善戦で踏み止まり、剽悍無比《ひょうかんむひ》の薩兵の撃退に成功する。兵卒が百姓出身の徴兵で、凄まじい戦闘に耐え得るかどうか、それと士気のことが懸念材料であったが、薩軍の猛攻撃も百姓兵が持つ優秀火器には勝てなかった。薩軍は城郭の一角にも取りつくことすらできなかった。

開戦当時の籠城軍の陣容・兵力は、鎮台本部が谷干城司令官ほか百四十六人、歩兵第十三連隊與倉知実中佐以下千九百四人、歩兵第十四連隊第一大隊左半大隊の三百三十一人、砲兵第六大隊・予備砲兵第三大隊その他の四百三十四人、警視隊の六百人の総員三千四百十五人であった。この兵力で一万余の薩軍の攻撃に耐えた。鎮台兵が踏み止まったことで、長州閥の大村益次郎や山県有朋らが、薩摩閥の西郷や桐野の反対を押し切って推進した、国民皆兵・徴兵制の成果を第一戦で世間に実証したのである。

それとともに、忘れてならないのが政府に周到な準備があったことだ。薩南の暴発に備えて警戒体制を敷いていた。早くも一月二十八日に陸軍省に動員準備を命じ、二月九日には全国の鎮台に戒厳の訓令を発令している。同月十二日には東京・大阪両鎮台に出動命令を下した。これは政府の私学校党に対する実質的な宣戦布告であった。熊本鎮台からの薩軍出発の電報は、十二日の出動命令の六日後の十八日に届いているのだから、政府が先に戦争を仕掛けたと見てよい。薩軍の出陣を今や遅しと待ち構えていたわけである。

この用意周到な対応は大久保の主導によるものであった。西南之役勃発を予見した大久保の伊藤博文宛ての書簡が残されていて、それには、私学校党の暴挙に西郷が不同意で説諭を加えても今回は失敗に終わると見ていた。西郷も軽々には暴挙に与《くみ》しないではあろうが、過激輩から西郷を切り離し、彼らを追討できれば喜ばしいとも言っている。

それと西郷がこれに加担すれば、

「誠に朝廷不幸中の幸いと、密かに心中には笑いを生じ候くらいにこれ有り候」

とも言っている。まさに大久保の願っていた筋書きであった。

これを契機に政府の命令に服さず、独立国のようにふるまう鹿児島県を、内務卿として改造する好機到来とみていたのだ。それともうひとつ内に秘めた計画を実現する、即ち、西郷と私学校党を潰す。そしてついに同十九日、薩軍を暴徒として征討令を下し、有栖川宮熾仁《たるひと》親王を総督に、山県有朋・川村純義を参軍に任命し開戦を布告した。

ここに薩軍は朝敵とされたのである。

二月二十三日、再び薩軍の熊本城総攻撃が行われたが、これまた失敗に帰し、城壁を突破することはできなかった。この第二次総攻撃には熊本隊が加わっている。二十二日編成を終わった熊本隊千三百人は健軍より大江へ進み、薩軍本営との打ち合わせで、城北京町口からの攻撃を受け持つこととなった。二十一日に川尻で薩軍と合流し、二十二日の第一次攻撃から加わっていた熊本協同隊とともに、二十三日朝、京町口で戦闘配置に付き熊本城攻めに加わった。西南之役の全期間中、南九州の諸藩から薩軍に加入した党薩隊のうちで最初に参戦したのは熊本協同隊の四百人であった。

強気一辺倒の薩軍であったが、兵力の損耗を認めざるを得なくなった。それとともに、官軍が南下してくるのを探知したことで、薩軍の軍略が変更され長期包囲戦に決まった。包囲軍を残し、熊本城救援のため南下する官軍を迎え撃つべく、山鹿、田原、木留方面に薩軍の大半が進撃していった。

三池街道（高瀬街道）の要衝の地高瀬の確保を図る官軍を阻むべく、薩軍は二十五、二十六日に高瀬の官軍を攻撃したが、完勝を得るには至らなかった。この二十六日の戦いで乃木希典少佐の第十四連隊は勝ちに乗じて、薩軍を追撃して木葉まで進出し、部隊の一部は田原坂上まで駆け上がった。乃木は第二旅団長の三好重臣少将に田原坂確保を具申するが、旅団長はこれを認めず後退を指示。この判断が後々官軍に苦戦を強いることとなる。

翌二十七日の早朝から、薩軍は熊本隊士の先導で道を進め、再び高瀬への攻撃を開始。官軍も態勢を整えて迎え撃ち、激戦となり、菊池川を挟んでの攻防が展開され戦闘は夕方まで続いた。二十八日未明、桐野は六百の兵を率いて菊池川沿いに下り、乃木率いる第十四連隊を横合いから攻撃したが、敵方の必死の攻撃をかわし切れず敗退した。

これは弾薬の欠乏を理由に篠原隊が無断撤退したことで、それまで有利に戦っていた村田隊が官軍の集中攻撃を受け苦戦に陥り撤退したため、逆に官軍が勢力を盛り返し、今度は桐野隊へ攻撃が集中され桐野も撤退するしかなかった。だが、三小隊の六百人のみで戦いに臨んだ作戦の誤りの指摘があった。山鹿に十小隊二千の兵を残置しての敗走であったから、敵を過小評価しての誤りと思われても反論の余地がない。薩軍にそのようなことが多々あったのは、剽悍無比と自他ともに認める薩摩隼人の驕《おご》りが根底にあったからか。

これがきっかけとなって薩軍の敗色が濃厚となり、退勢挽回に奮闘中の西郷の末弟小兵衛が戦死するなど、薩軍が大損害を被《こうむ》った最初の敗戦となった。官軍も三好少将が負傷し多くの負傷者、戦死者が出た。

この高瀬会戦での敗北で、薩軍の北九州進出の野望は打ち砕かれた。その後、官軍が戦闘の主導権を握ることができるようになった、最初の貴重な勝利であった。

高瀬の会戦には熊本協同隊と熊本隊が参加していたが、熊本隊は西山の吉次峠《きちじ》を掌握してここから高瀬へ進撃し、薩軍と相呼応して官軍を破り一時高瀬を手中に収めた。だが、官軍の増援部隊に圧せられ、田原・木留・吉次峠方面に撤退したが、二十五日の寺田村の激戦で、熊本隊大隊長の池辺吉十郎が銃創をうけ、熊本の二本木病院に入院した。

劣勢を挽回すべく、薩軍は山鹿・田原坂・吉次峠の要害を防守して、南下してくる官軍に当たろうと、桐野は山鹿方面、篠原は田原坂方面、村田は熊本隊とともに木留方面に本営を構え、十余里の間に城北からの侵入を防ぐ体制を構築して待ち構えていた。勿論、狙いは熊本城陥落を待って攻勢に転じようという作戦である。

その当時の日向諸藩の党薩隊の動向だが、大嶋景保を隊長とする延岡隊は薩軍本営の指示を受け、三月一日早朝、熊本迎町の宿営の香福寺を出立し、有明海に面した百貫石港の守備に就いた。有明海岸一帯の警備の総指揮は三番大隊長の永山弥一郎である。

一方、官軍の海軍は長崎・熊本近海警備の四艦で交互に九州の西海岸を偵察し、二月二十四日に日奈久で、薩軍の迎陽丸を捕獲、舞鶴、野母の二隻を沖合で破壊した。薩軍の海軍を全滅させた後は、不知火海・有明海を自在に航行し、時折、沖合から牽制砲撃をするに止まっていた。

このような状況の中、延岡隊が百貫石港の配備に就いた。港の北方の梅洞、塩屋から船津、小天の港に延岡隊を配置しつつ、南側の小島から緑川の河口一帯には佐土原隊を配置していた。佐土原隊は藩主島津忠寛の第三子の啓次郎を総裁として、二月九日に隊伍を編成して出発した。十三日には鹿児島に到着していたものの、従軍の許可を得られず同地に止まっていたが、薩軍の後を追って熊本へ進み、二十三日に川尻に入った。翌二十四日から有明海岸の守備に就き本営を百貫石港の対岸小島に設けていた。

二月十九日、薩軍の指示により宮崎・延岡・高千穂と北回りで、熊本に向かって清武を発った飫肥隊は二十六日に熊本に到着する。隊に与えられた任務は川尻と二番新地四、五里の間の守衛である。その日から、夜中は中島二番新地と四番新地の防戦への備えに当たり、その他は川尻内の巡邏《じゅんら》であった。

高瀬の戦いで敗れた桐野は三月三日、熊本協同隊、飫肥隊を加えた約三千の兵を本隊・

支隊に分けて山鹿を発ち、肥筑国境の要衝である南関まで進み、官軍の本拠を攻撃しようと企て、平山などで官軍を大いに破った。熊本協同隊がこれを助けて奮戦したが、官軍の激しい抵抗に隊長平川惟一が鍋田の戦いで、流れ弾に当たって戦死した。多くの犠牲を出すも、薩軍は官軍の本営のある南関へあと十キロまで迫っていた。

熊本協同隊は以後、参謀の崎村常雄が隊長となった。官軍方も警視隊参謀長の福原和勝大佐が負傷し、後日死亡するなど多くの犠牲を出している。

薩軍が南関の官軍を追撃しようと、岩村を目指していたときのことである。飫肥隊の一番小隊はその先鋒となって前進し戦ったが、飫肥藩最後の家老である平部嶠南の嫡孫、平部俊彦が負傷、その後死去した。嶠南は俊彦の出陣を誇らしく思って送り出したのだから、その思いは如何ばかりであったたか。

田原坂・吉次峠攻防

三月三日、官軍は第二旅団の歩兵第十四連隊と近衛第一連隊を主力とする本隊と、近衛第一連隊の一部および東京鎮台・大阪鎮台の兵からなる支隊を編成し、本隊は田原坂、支隊は吉次峠を目指すこととなった。同四日、官軍本隊は田原坂、支隊は吉次峠へ向かって進軍し、ついに午前七時、全面攻撃を開始した。田原坂方面は近衛第一連隊基幹の本隊が平原・大平を、歩兵第十四連隊の一部からなる右翼隊が田原坂を攻めたが、強固な薩軍陣地に突破は失敗に終わり、遊軍が二股台地を占領したに留まった。

同時刻、官軍支隊が薩軍と吉次越で交戦を開始した。第二旅団参謀長の野津道貫大佐が率いる部隊が払暁の濃霧をこれ幸いと、吉次峠北隣の半高山を占領しようと動いていたが、それを見た篠原・村田両隊長が反撃に出て、左右両翼に陣を張って挟み撃ちにして、官軍を破った。官軍は数百人の負傷者を出して退却する。

しかし、篠原が吉次越の原倉六本楠で指揮しているところを、嘗《かつ》て篠原の部下であった薩藩出身の江田国通少佐が見つけ、部下に命じて射殺させた。緋色のマントと腰に白い兵《へ》児《こ》帯を巻き、銀装の太刀を水平に帯びた目立つ篠原は格好の標的になっていた。それが彼の生き様であれば悔いはないであろうが、戦場には相応しくない出立《いでたち》であったことは間違いなく、薩軍は貴重な人材を失ってしまった。大隊長を失った薩軍の怒りは激しく、射殺を命令した江田少佐は薩軍の猛攻で戦死し、野津隊は原倉まで撤退した。

対照的に、官軍では将校が狙い撃ちされることが頻発していたので、将校と分からぬ軍服に着替えさせるなど、損害を最小限に抑える工夫をしていた。

三月七日、木葉まで進出していた官軍本営は捗々《はかばか》しくない戦況に鑑み、田原・吉次の同時突破を諦め、田原坂に集中攻撃をかけることにしたが、激闘数回に及ぶも、官軍は田原坂を抜くことができなかった。そこで田原坂防衛線突破のため横平山の攻略に切り換えることにした。横平山は半高山から張り出した支脈で、ここを抑えれば二股台地の右翼を防衛し、薩軍の長大な防衛線の中央に突き出すかたちとなり、攻略の足掛かりとなる場所である。

官軍の攻撃も地形を利用した薩軍の激しい銃撃と抜刀白兵戦に、手も足もでず対処を急がねばならなくなった。薩軍の抜刀攻撃に対抗するため、三月十三日、官軍は川路大警視の主導により南関の警視隊の手練《てだ》れ百一人を厳選し、抜刀隊を編成して木葉の前線に配備した。士族の同士討ちも計算に入っていたであろう。

翌十四日、官軍は田原坂攻撃を開始し抜刀隊が投入される。新撰抜刀隊は薩軍陣地の一部を奪取したが、盛り返した薩軍抜刀隊五十人の逆襲で撤退するも、これで警視隊の抜刀隊が薩軍と対等に戦えることが分かったのは大きな収穫であった。

薩軍も二股・中久保の官軍守備隊に殺到したが、官兵の猛射を浴びて退却した。七本では官軍が強襲してきたが、熊本隊がこれを迎撃し、白刃をふりかざして敵中に切り込み奮戦した。十五日、七本では終日、激しい砲戦が繰り返された。薩軍河野喜八郎らの四小隊が田原坂の天王山である横平山を奪取したが、官軍と警視隊の抜刀隊合わせて二千人が攻撃し奪い返した。この日、官軍は薩軍の防衛線に割って入ることに成功した。

薩軍の諸隊は弾薬が欠乏し、当初の戦果を確保できず損害二百人を超える未曽有の悪戦苦闘であった。官軍もこの激戦で死傷者は横平山方面で約三百人、七本や二股を合わせると六百八十人に達した。

激闘の最中の同十六日、高鍋の二個小隊二百人が戦場に到着し、柿ノ木台場を守備する熊本隊と交代することとなった。高鍋藩はそれまで挙兵するまでに至っていなかったが、宮崎入りした薩摩人の貴島清から、桐野利秋が大山県令へ宛てた募兵依頼文を見せられて孤立を恐れ、三月九日に高鍋隊を編成・出立させ、同小隊は十四日に熊本に着いた。その二日後の十六日、薩軍本営の命令で交代のため、戦場へやってきたのである。

熊本隊の佐々小隊長が戦闘経験のない高鍋隊の新兵を心配し、戦況や地形を詳細に教えたが、心配が杞憂ではなく現実のものとなるのはその四日後のことである。

高鍋隊が到着したと同じ三月十六日、二月二十八日に島津啓次郎の命で新編成された森権十郎を隊長とする佐土原隊が、薩摩の貴島隊とともに激戦地の田原坂で戦闘中に、早くも隊長の森が戦死し、幹部隊員が負傷するという悲劇に見舞われる。森戦死の報は有明海岸守備の拠点小島にいた啓次郎に届けられた。

三月十七日、官軍は攻撃を再開したが地形を生かした薩軍に及ばず、田原坂の防衛線を破ることができなかった。苦しい戦いが続き官軍本営では打開策が検討されていた。これまで多大な兵力を投入しながらも戦果は上がらず、兵力の消耗だけが募っていた。現に火力を集中して一日平均三十万発の弾丸を薩軍堡塁《ほるい》に浴びせてきた。現状を打開するには田原坂の堅い防衛線を突破する必要があった。そこで、二十日早朝に二方面から総攻撃を行うことに決定した。

総攻撃の前日の十九日、神瀬鹿三を総長とする人吉隊の全員が木留村に到着する。

十九日午前六時、軍艦四隻などに分乗する官軍の別働第一旅団の第二連隊と警視隊が、薩軍の警備の不意を衝《つ》いて、日奈久南方の洲口と八代西方に上陸した。この部隊は衝背軍と称され、上陸後直ちに進軍を開始した。不意を衝かれて上陸を許したことを知った桐野は自らの誤りを嘆き、部隊の派遣を決め出動させることとし、その先導役を熊本隊に要請した。池辺大隊長は要請を受け入れ先導役を選び薩軍に同行させた。各部隊は防御線を張って敵を待ち構えていた。

三月二十日早暁大雨の中、官軍は開戦以来、最大の兵力を投入し、午前六時、号砲三発を合図に攻撃を始め、二股から谷を越え田原坂に接近した。断続的に強雨が降り続く中、横平山の砲兵陣地から田原坂一帯に未だかつてない砲撃を開始した。砲撃を止めると薩軍の出張本営七本のみに攻撃目標を絞り一斉に突撃した。薩軍は官軍の猛砲撃と大雨のため応戦が遅れがちとなり、敵方の攻撃を一方的に甘受するしかなかった。

薩軍苦心の防衛線も突然の攻撃にいまはその力を失い、薩軍もなす術もなくなっていた。一方、熊本隊と交代した七本の高鍋隊は状況把握も充分でなく、折からの大雨で守備を怠り油断していた。官軍先鋒の兵が七本の間道を廻って高鍋隊の塁壁を越えていたが、歩《ほ》哨《しょう》が誰何《すいか》するも敵方と見抜けぬ不手際で、官軍の一斉進撃となった。

高鍋隊が守戦を捨てて右往左往する間に、薩軍の背後の七本を切断した官軍は田原坂の頂上目がけて進み薩軍を挟撃した。田原坂の要害が崩れ始め、柿ノ木台場が敗れ、佐土原隊・貴島隊・熊本隊が敗れ、七本・中久保・宮山の間を守備していた薩兵も総退却を始めた。


田原坂陥落の原因をつくった失態で高鍋隊は面目を失った上に、隊員の過半が戦傷を口実に戦線を離脱し帰国してしまった。これが薩軍をして高鍋隊を弱兵と侮らせることとなったが、実は旧藩主秋月種樹《たねたつ》が旧藩士たちを説諭していたのだ。その旧藩主の趣旨を遵守しようと、田原坂にいる高鍋隊へ密使を送り、説諭を聞き入れての行動であった。

その間ひとり中久保・宮山の間を守備していた三番大隊の一部が、最後まで防戦していたが、間道を密かに通った官軍の迂回兵のために五番大隊が背後を脅かされると、その隊も慌てて武器弾薬の一切を放棄して潰走《かいそう》したため、四面みな官兵の占領するところとなった。ここに、四時間ほどの戦闘で、あっけなく難攻不落の田原坂が陥落し、官軍は激闘十七日にして、ついに最難所の突破に成功した。

勢いに乗った官軍は薩軍を追って植木町を占領し、その一部は向坂まで進撃していた。

だが、態勢を立て直した薩軍は貴島清・中島健彦らが伏兵を指揮して左右から官軍を挟撃し、向坂の官軍が孤立して本隊に合流しようとしたのを横撃した。これで官軍は分断され植木町に敗走。向坂の戦いで官軍の死傷者四百二十七人、失踪者は二十一人であった。

その折のことであった。党薩隊の人吉隊は神瀬総長が部下を率いて植木を救援した。荻迫では猛進する官軍を迎撃し、薩軍とともに奮戦して官軍を撃退したが、この戦闘で神瀬総長が戦死、隊士の多くが負傷した。

田原坂陥落で山鹿方面の薩軍は隈府まで後退せざるを得なかった。それによって吉次越の熊本隊の守戦は、官軍前線の中に突出したかたちになり孤立してしまった。

この田原坂の戦いは三月四日に始まり二十日に終わったが、この間、官薩両軍は悪戦苦闘し、官軍の死傷者三千人以上を数え、弾丸は一日平均三十万発以上を費やした。薩軍は弾薬の欠乏を白刃を振るって戦ったが、兵力軍需の補給が充分でなく、ついに天嶮《てんけん》の守りを失って退くに至った。

田原坂では敗北に終わったが、薩軍は早くも翌二十一日には主力が向坂（植木）、右翼が鳥巣・隈府、左翼が三ノ岳頂上から野出、河内海岸までの防衛線を築き上げていた。官軍の熊本への道を遮断し、熊本城攻撃を遅らせるためである。一方、八代では上陸した衝背軍の来襲が烈しくなり、薩軍は防戦するも支えきれず砂川に拠って防御した。

山鹿方面では、田原坂の陥落で薩軍が多数の守兵を割いて、植木方面を救援して守備が薄くなった隙に、官軍が総攻撃に出て山鹿を占領した。三月二十四日に官軍は木留を攻撃し、翌二十五日には植木に柵塁を設け、攻撃の主力を木留に移した。同三十日、官軍主力は三ノ岳の熊本隊を攻撃し、四月一日には半高山、吉次峠を占領する。

戦況の変化に伴い、小島海岸で守備に就いていた佐土原隊にも動きがあった。四月一日薩軍本営より甲佐方面への移動の命令が出て、堅志田の守備を命じられたが、そこで官軍の大部隊と悪戦苦闘の戦いを強いられることとなった。三日、堅志田での戦いで佐土原隊は隊長村田正宜、半隊長藤井万吉、分隊長牧野田直内以下十七名の戦死者を出して敗退した。敗因が薩軍の戦術の拙さにあると考えた島津啓次郎は、薩軍本営に永山弥一郎を訪ね問い質した。

「わが佐土原隊は堅志田の戦いで多くの兵を失った。この敗因は上手の陣営の薩軍守兵が手薄、しかも半数が鉄砲を持っていなかったからで、これでは勝てるはずがない。このまま戦いを続ければさらに貴重な兵を失うばかりだ。しかし、銃と兵員を補充してもらえばまだ戦える力があるが、永山さんはどう考えられますか」

「ご意見ごもっともですが、残念ながらいまは兵員も銃もこれ以上補充できない。現有の兵で守ってほしい」

陣営を立て直して戦おうという佐土原隊の主張は容れられなかった。

啓次郎の案を退けた永山弥一郎は、薩軍各隊から精兵を選抜し、抜刀隊を編成して夜襲をかけようとした。しかし、上流の陣営は逆に敵に襲われ戦わずして敗走、永山らは甲佐の町に火をつけて逃れ、啓次郎たちも陣を捨てて撤退するしかなかった。撤退してきた兵をまとめて矢部に向かった佐土原隊は、山中を彷徨いながら四月四日の夜半に矢部に到着した。そこで啓次郎は熟考の末、隊を解散することを決断し、隊員に告げた。

「戦いは惨敗に終わったが、諸君の責任ではない。だが、いまや薩軍は勿論、わが佐土原隊も賊軍の汚名を被った。これ以上戦い続けるは不本意なことであり、これ以上諸君を犠牲にするわけにはいかない。諸君はここを引き揚げ、各自家族のもとへ帰ってほしい。私も一旦郷里に戻り、東京に登り闕下《けっか》に直訴を決行するつもりである」

そして、小牧秀発ら四名を連れて矢部から鞍岡を通って上椎葉に入り、人跡の絶えた峻《しゅん》嶮《けん》で鬱蒼たる山道の続く銀鏡《しろみ》、小川、尾泊などを駆け抜け、妻を経てようやく八日に広瀬に帰った。丁度そのころ、佐土原では義挙に応じて参戦しようとする者、戸長によって半強制的に徴募された兵に対し、家族のもとに帰り、家業に復するように旧藩主たちが諭告していた。

しかし、佐土原隊離脱は思わぬ事態を招来することとなった。堅志田を離れるに際し、啓次郎は撤兵の理由を記した一書を薩軍の本営に送ったが、本営には届かず、桐野の誤解を招く原因となったのである。

「啓次郎は心変わりをした。それで佐土原兵は皆敗れたのだ。佐土原の弱兵は最早役に立たぬが、軍勢を増すために啓次郎を召し連れてくるように」

と桐野は指令を発した。

佐土原でも啓次郎の真意を理解する者は少なく、薩軍に背反していると見る者が大半であった。とりわけ血気に逸《はや》る若者が、佐土原隊が薩軍から卑怯者呼ばわりされるのを恥と考え、軍の再建を求める声が高まり、薩軍本営も啓次郎の再出兵を強く迫ってきた。

東上しようと時期を窺っていた啓次郎だが、すでに陸路は封鎖され、船便も手配できず、断念せざるを得ない状況に追い込まれていた。悪いことは続くものでかつて親しく交わっていた、私学校出身で旧佐土原藩領内の第三大区長の鮫島元が、桐野の命令で佐土原に舞い戻ってきた。彼は解隊した佐土原隊士に、

「お主らは謀反心《むほんしん》によって逃げ帰ったのだから、再募兵を拒否するようなことがあったら敵と見做し、軍制の処分を受けることになろう」

と桐野の指示どおりに脅した。募兵は士族階級に止まらず農民にも及んだ。

鮫島の脅しは啓次郎にも向けられ、

「戦いを熊本で止めなければ、やがて宮崎にも戦場が移ってきます。もう一度兵を起こして熊本へいってください」

啓次郎の再起を促した。

熊本城攻略失敗、次いで田原坂陥落と敗色濃厚となり、薩軍ならびに党薩諸隊は一気に劣勢に追い込まれてしまったが、それを承知のうえで劣勢の薩軍に加勢の動きもあった。三月三十一日、豊前中津の増田宋太郎・後藤純平・梅谷安良・桜井貫一郎らが同志七十四人を率いて挙兵したのである。同夜十二時に中津支庁および警察署・官吏の家屋などを襲撃したが、中津隊は薩軍との合流を目指して行動していた。

勢いづく官軍が四月二日に木留を占領すると、薩軍は辺田野に後退し辺田野・木留の集落が炎上する事態となった。要地の木留が陥落したため、熊本隊は本営を東門寺村に、薩軍も本営を同地に移し辺田野と荻迫の線に退き、陣地を構築し反撃の機会を狙っていた。四日、薩軍別府大隊が辺見十郎太の隊と合流して八代を襲撃した。これは熊本協同隊の宮崎八郎が使者として来着し、衝背軍の兵站地となっている八代を攻撃し、衝背軍の退路を断って孤立させるという桐野の作戦を伝えに来たのだ。指示を受けた薩軍は八代南郊に出て坂本にいた衝背軍を攻撃して敗走させ八代に迫ったが、敵の反撃によって八代へ到達することができなかった。膠着状態が続いていたが、官軍の援兵に側背を衝かれ、薩軍は総崩れとなった。殿《しんがり》軍を務めた熊本協同隊の宮崎八郎が、身代わりとなって辺見を逃し八代の萩原堤で敵弾に倒れ戦死した。

吉次峠敗退後の城北戦線は植木・太郎迫を中心に、田島・隈府などを右翼とし、左翼は三ノ岳の頂上を通り、野出山を過ぎて小天海岸までの約十里にわたった。

このころ、三月三十一日に中津で決起し、中津支庁や大分県庁を襲撃した増田宋太郎を首魁とする中津隊が、昼夜兼行して二重峠を越えて大津に出て、二本木にある西郷の本営に着陣の届け出を行った。そして、薩軍の指示を待っていたが、桐野から中津隊を一隊とするとの達しがあった。増田の西郷への傾倒は知られているが、増田の参謀後藤純平の起草にかかるものと思われる檄文の一つを取り上げ、いかなる背景、動機があったかを探ってみよう。因みに宋太郎は福沢諭吉の再従弟《はとこ》である。

「方今官吏ノ徒、上ハ天子ノ宸襟ヲ悩シ下ハ人民ノ苦情ヲ顧ミス、私意ヲ逞（マシュウ=筆者注）シ収斂《しゅうれん》ヲ極メ残忍苛酷至ラサル所ナシ、我輩憤激ニ堪ス之ヲ掃除セント欲ス。各県モ亦同論ニ出テ、本月二十六日佐賀、同二七日福岡、同三十日秋月皆共ニ義兵ヲ挙鎮台巡査ヲ鏖《みなごろし》ニセリ。我輩亦時機ニ後レス本日事ヲ挙賊吏ヲ誅戮シ、上ハ天子ノ叡慮ヲ安シ下ハ人民ノ艱苦ヲ救ハント欲ス。諺ニ謂フ、上ニ習フ下ハ区戸長等モ亦官威ヲ假リテ人民ヲ苦シメ、無用ノ民費ヲ増シ私欲ヲ謀ル等不埒ノ所業少カラス。依テ人民方モ此時ヲ失ハス各申合セ、右等ノ儀詳細探索ヲ遂ケ申出ニ於テハ即チ捕縛シ吟味ノ上処分ニ及フベク、其罪明白ナル者ハ直ニ召捕差出候テモ不苦候事。

失日　　　　新政党軍議所

両豊人民　御中」

檄文にあるように、「私意ヲ逞シ収斂ヲ極メ残忍苛酷」な政府藩閥官僚の腐敗と圧政が地方へ及んでいるとして、行政末端の区戸長をも攻撃対象と位置付け、これの誅罰一掃を一般人民に呼びかけるものであった。

これは士族的な視点というよりも人民（農民）的な視点に立ったもので、宇佐郡敷田村の戸長交渉に端を発した下毛・国東・速見二万の農民一揆を、事前に予測したものと考えることも可能とする見解もある。中津隊中核の一人で、明治六（一八七三）年の大分郡等四郡一揆の指導者であった後藤純平の存在とも無縁ではないであろう。

その他の檄文も含め、強引且つ性急な手法で近代化を推進する政府（岩倉・大久保らの主導）に対する挑戦状を突き付けたものであった。後藤は鹿児島城山で投降し斬刑に処されているが、その「口供」に大分県庁襲撃は中津隊の薩軍への合流を、確実に成功させるための陽動作戦であったとしている。

また、挙兵が謀られた会合で、後藤が決起は時期尚早ではないかと質問したところ、「田原すでに敗れ、大山県令は縛に就きたりと云、風聞空しく時日を移せば大事去らん」と増田は述べ、中津支庁・大分県庁襲撃を決したという。

薩軍に合流した中津隊は、熊本撤退後に再編された野村忍介が隊長を務める奇兵隊の配下に組み込まれ、県内をはじめ各地を転戦することになる。

四月八日、辺田野方面は激戦となり、官軍は荻迫の柿ノ木台場を占領した。

同じ日、熊本城包囲の役割を担っていた福島隊を悲劇が襲った。鎮台兵が安政橋を警備していた福島隊の不意を衝いて、包囲網の突破を狙って突撃してきたのである。鎮台の南の入り口付近にある安政橋を守っていた福島隊は、守備着任以来一か月余、大した戦闘もなく敵と対峙しているだけであった。ましてや城内の熊本鎮台と戦争することなど思ってもみなかった。これには訳がある。というのも隊長の坂田諸潔の募兵理由の、

「今般、鹿児島の南洲翁が政府へ問責のため、兵を率いて上京の途に就いた。途中で人民が動揺して騒動になってはいけないので、これを鎮撫することを県庁に願い出て許可を得たので出兵に参加する」

という言葉に応じたもので、兵士たちはあくまでも人民保護のための出兵であり、戦いに行く心算《つもり》はなかったのだ。

それを前述のように、突如行き先を変更した坂田隊長に引率されて熊本へやってきた。坂田も兵士たちに熊本城攻撃の真意を告げていない。それもあって、突然の敵の猛攻に福島隊は周章狼狽して混乱に陥り、敵に押されて武宮まで後退した。この戦闘で福島隊に五十名の死傷者が出て、約半数の戦力を失ってしまった。

坂田は川尻の薩軍本営で福島隊の苦戦を知り、駆け付ける途中で腰に敵弾が当たり、熊本の二本木病院に担ぎ込まれ、高鍋に帰って療養することとなった。

小川を制圧され松橋に後退していた薩軍は、必死の防戦で凌いでいたが新戦力を次々と投入してくる官軍に押され、川尻まで後退せざるを得なくなった。

四月十二日、官軍は緑川を渡って御船町を攻撃してきた。敗戦続きで気勢の上がらぬ薩軍は民家に放火して退却した。これを見て負傷を押して二本木の本営から人力車で駆け付けた永山弥一郎は、敗走する薩軍兵士を叱咤激励していたが、挽回不可能と見て、民家を買い取り火を放って切腹した。ここに御船町は官軍の手に落ちた。

翌十三日、官軍は川尻を目指して進撃する。主力が緑川を渡り薩軍と激戦を繰り広げながら川尻へと進んだ。川尻に向かった官軍主力が薩軍を攻撃しこれを退け、ついに川尻を占領した。別府晋介が二月二十日に独立大隊を率いて到着し出張本営として以来、薩軍が熊本南部の拠点としていた川尻が陥落したのである。この十三日、川尻攻略の別働第二旅団の会津出身の山川浩少佐が、友軍の川尻突入をみて機逸すべからずと、撰抜隊を率いて熊本城目指して突入、翌十四日に城下に達したという逸話が残されている。

四月十三日夜、二本木の薩軍本営にいた西郷は、川尻が攻撃・占領されたことを知り、熊本協同隊の関慎蔵らの先導で、村田新八、池上四郎ら、それと狙撃隊に守られ木山街道を東に向かった。

敗色一色の薩軍とは対照的に、十五日明け方から官軍衝背軍の別働第一・第二旅団が熊本城に入城し、正面軍の一部も入城した。

一方、薩軍は衝背軍が熊本城連絡に成功したことで、腹背に敵を受ける態勢になり、ついにこの日四月十五日午後一時に、一斉に守塁を焼いて熊本城の包囲を解き、三ノ岳・木留・鳥巣方面の戦線から全面退却した。二月二十二日以来、五十余日にわたり奮戦した薩軍の戦線は全面崩壊した。

薩軍は熊本城東方の白川と木山川一帯の扇状台地に戦線を構築するも、実態は袋小路に追い詰められたも同然であった。

熊本城・植木などから薩軍諸隊が撤退してきた十七日、桐野たちは本営のある木山を中心として、右翼は大津・長嶺・保田窪・健軍、左翼は御船に至る防衛線を築き、南下してくる官軍を迎え撃つ作戦を立てた。十九日、官軍は健軍地区の延岡隊を攻めた。延岡隊は京塚を守って善戦したが、弾薬が尽きたので後退し、替わった薩摩の河野主一郎の中隊が逆襲して官軍を撃破した。

薩軍最右翼の大津へは野村忍介指揮の部隊が配備された。四月二十日払暁、第一、第二、第三旅団は連繋して大津街道に進撃したが、野村諸隊の奮戦で突破できず日没を迎えた。同日、別働第五旅団は保田窪の薩軍を攻めたが、中島健彦が指揮する薩軍の逆襲で左翼部隊が総崩れとなった。腹背に攻撃を受けた官軍は漸く包囲を脱して後退した。

乾坤一擲《けんこんいってき》の覚悟を秘めた長嶺地区の貴島清は、抜刀隊を率いて別働第五旅団の左翼を突破して熊本城へ突入する勢いがあった。薩軍最左翼の御船へは坂元仲平指揮の諸隊が熊本に入った官軍と入れ替わるかたちで進駐していたが、熊本から引き返してきた別働第三旅団が御船を攻めた。坂元諸隊はこの攻撃を退けたが、それに続く別の旅団の三方向からの攻撃には耐えきれず御船から敗走した。

両軍の激突は四月十九、二十日にわたって行われ、熊本平野全域に及んだ。まず薩軍の御船が敗れ、二十日夜半には大津の野村部隊が退却した。これを受け、二十一日早朝、第一・第二旅団が大津に侵入し、薩軍を追撃して木山に向かい、小競り合いの後に、木山に進出した。第三旅団は大津に進出してここに本営を移した。

城東会戦といわれたこの戦いでは、薩軍は左翼では敗れたものの、右翼では終始優勢であったが、官軍が大津と御船から薩軍本営の木山を挟撃する情勢となったことで、状況が大きく変わった。しかし、官軍も連日連夜の悪戦苦闘に将兵は疲労困憊《こんぱい》の極となり、一気に追撃することが叶わず、逆に薩軍に旬日の休養と再軍備の余裕を与え、勢力を盛り返させてしまった。

木山を死に場所として決戦する覚悟の桐野は、ここを動く心算《つもり》はなかったが、野村忍介・池辺吉十郎の必死の説得で、ついに翻意する。本営を東方の矢部浜町へ移転することに決し、自ら薩軍退却の殿軍を務めた。薩軍本営が矢部浜町に後退したため、優勢だった薩軍右翼隊も東方へ移動するしかなかった。

この四月二十日、飫肥藩の小倉処平が一隊を引率して矢部に到着、伊東直記、川崎新五郎率いる党薩飫肥本隊と合流した。

処平は藩校振徳堂で学び、そこで書記を務め後に主事・句読師となった。藩命で京都へ上り、慶應二（一八六六）年には豊前・小倉方面へ探索に派遣されている。明治元（一八六八）年に飫肥藩の長崎留守居役を命じられ、翌二年、帰藩すると藩主を動かして官費による長崎留学制度を作り、小村寿太郎らを長崎に遊学させた。同年、小村を伴って上京、共に大学南校に入学する。大学南校の舎長となり、明治三（一八七〇）年に「貢進生」制度を建議、制度化させ、同年、大学権少丞准席、次いで文部権大丞に抜擢された。

大藩の子弟しか学ぶことができなかった大学南校に、十五万石以上の藩からは三名、五万石以上の藩から二名、五万石以下の藩から一名入学できるようにした。この功績で学生の身分のままで大学権少丞准席となった。それだけ注目されていたが、明治六（一八七三）年、西郷・板垣らが下野すると、処平はその地位を擲《なげう》って文部省を辞職し飫肥に帰った。

小倉処平もまた西郷贔屓《びいき》であったが、その真意を彼の書簡から辿ってみる。西郷の挙兵で帰国したときの処平の伊藤博文（伊藤を介して戦地通行券を貰っている）への書簡には、

「自分の志は西郷とともに政府を改革することにある。藩閥に牛耳られている政府のために犬馬の労をとるわけにはいかない」

とあった。「藩閥政治」「有司専制」があまりにもひどく、自分たちが思い描いた政府像と食い違っていると考え、西郷とともに「藩閥政治」を倒そうと考えていた。

また、英国留学中に家族に宛てた手紙には、

「一日事有るときは、心から隣国（薩摩）を信頼し、一層天下に飫肥の武名が輝くようにしてください。このことだけは御尊兄様へお願い致したく思います」

混乱が起こった場合には薩摩に頼るように言ってきている。飫肥の藩是は絶えず薩摩を警戒していたのだが、処平は日本を変えるのはその薩摩だと見抜いていた。

翌七（一八七四）年、佐賀の乱で江藤新平や香月経五郎らが頼ってくると、逃亡を助け

七十日の禁錮に処せられている。同八年、大隈重信の要請により大蔵省七等出仕となったが、同十（一八七七）年西南之役が勃発すると辞職して飫肥に帰る。小倉で船を降り大分を通って宮崎に着いたが、大分方面は官軍の手薄なのを知る。鹿児島県宮崎支庁や飫肥商社へ行って、資金調達を約束させ、飫肥区務所と清武区務所へ募兵の指示を出し、鹿児島県庁に向かった。

到着後、大山県令を訪ね面会し、

「薩軍は熊本鎮台を抜くことができず、熊本北方での戦いになった。豊後方面は政府軍の配備が手薄である。そこで、我々は日向の国の兵を集め豊後に兵を進め、小倉城を落とします。そうなれば熊本にかかりっきりの政府軍は背後を襲われ福岡、長崎に退却します」

と力説した。

大山は処平の案に賛同し、熊本の西郷に使者を送ったが、西郷は是とも非とも言わず何の決断も下さなかった。西郷に代わって桐野が使者に対応、処平の案を拒否した。そして鹿児島に使者を送って、熊本に部隊を送るよう命令してきた。

処平としては、自分の名は北九州の不平士族の間では知れているので、兵を募れば二千から三千は集まり、小倉を占領すればそれを聞いて、もっと多くの士族が集まってくると確信していた。それを退けられた彼の思いはどうであったか。西郷の対応の仕方にも釈然としないものが残る。本当に勝つ気があったのかどうか。

人吉・都城攻防戦

四月二十一日、薩軍は矢部浜町の薩軍本営で軍議を開き、

「人吉を占領し、鹿児島・宮崎を抑えて勢力の挽回を図り、機を見て攻撃に転じ、大分・福岡に進出する」

いわゆる三州（薩摩・大隅・日向）盤踞策の方針を決め、軍制を改革し隊伍を改編、九個大隊とした。

その陣容は以下のとおりであった。

振武隊　指揮長中島健彦　奇兵隊　指揮長野村忍介　常山隊　指揮長平野正介
破竹隊　指揮長河野主一郎　鵬翼隊　指揮長淵辺群平　干城隊　指揮長阿多壮五郎
雷撃隊　指揮長辺見十郎太　正義隊　指揮長高城七之丞　行進隊　指揮長相良五左衛門

それと、村田新八と池上四郎が大隊長指揮長を辞め、本営附きとなって軍議に参画することになった。この時点で、挙兵以来二万三千人余であった薩軍も、半数弱の一万人余の

人員となっていた。

御船の決戦に敗れた熊本隊も、各小隊が薩軍と同じく矢部浜町に集結し、軍議を開いたが、激論頻発で錯綜し収拾がつかなくなった。

中でも深野一三（四番中隊の中隊長となる）が、

「この一挙が成功しないならば、熊本隊は熊本平野に突進し、全力を尽くし決戦して玉砕しよう。いたずらに薩軍の後について寒村僻地に籠もるのは間違いだ」

と幹部に詰め寄った。

これに池辺吉十郎が、

「戦いは何回負けても屈せず、有終の美を飾ることだ。どこで死んでもよいではないか」

と慰撫し、池辺が中心となって、隊伍の編成や士気を一新すべく、作戦を検討することになった。

四月二十二日、隊伍の改編が行われた。これまでの十九小隊を五中隊とし、この五中隊で一大隊とした。ついで幹部の選出が行われ、大隊長池辺吉十郎、副大隊長松浦新吉郎、参謀桜田惣四郎・山崎定平・緒方夫門・大里八郎・友成正雄、斥候長富田新三郎、副長佐々布遠・安岡競が任命された。実働部隊は一番中隊から五番中隊まで、各中隊長が任命され、各隊の指揮を執ることになったが、薩軍同様、総勢六百人余と挙兵当時の千三百人の半数弱であった。

二十三日、熊本隊は男成村の男成神社で招魂祭を行い、戦没者の霊を祀った。幹事古閑俊雄が神官から、戦国武将阿蘇氏ゆかりの神社の由来を聞き、参拝して詠歌一首を奉納している。

みそなはせわれもつくしの男成弓箭《や》べの道踏《ふ》みや迷はじ

このとき、三番中隊の中隊長佐々友房らが池辺大隊長に、

「進んで熊本を攻撃するか、退却して人吉を守るか、早く決定してほしい」

と迫った。

そこで池辺が薩軍本営の桐野と協議し、人吉に行って人吉城を根拠に、鹿児島・宮崎に立て籠もり再挙を図ることとなった。

人吉への道は奈須越（別名霧立越）と、胡麻山越（別名国見越・椎葉越）の二道があって、いずれも九州山脈の背骨の険しい山道である。道程四日間、人家も少なく食糧もないということでその準備が必要であった。西郷はその親衛隊とともに、胡麻山越の道をとってす

でに人吉に到着していた。桐野率いる薩軍は霧立越の道を行くこととし、四月二十二日に出発、二十七日に人吉盆地に入っている。

薩軍の後を追った熊本隊の人吉への道程は、胡麻山越と奈須越の二手に分かれてのものであった。隊士の中には家族を連れている者があり、烈しい雨と風に母や子が泣き叫ぶ有《あり》様《さま》は哀れで、見る者は凄然として涙が流れ落ちたという。この壮絶な胡麻山行の様子を克明に書き記した、熊本隊の佐々友房の『戦袍日記』がある。

悪天候の中、その行手には椎葉山の球磨越（小崎越）などの難所が立ちはだかり、烈しい雨に泣かされる者が続出し、途中、他隊の隊士と遭遇し、抱き合って無事を喜んだりした。また、雪の残る難路で降雪中に倒れ、数日起き上がれず凍傷にかかって、足の指を切断する者も出たりした。

難行苦行の末に、熊本隊は揃って古屋敷村を通って江代村に到着する。薩軍先鋒に遅れること三日の三十日、熊本隊は全軍整列して人吉城下に入ったが、道には人垣ができ人々が歓声を上げて迎えた。城下の人々の温かいもてなしが、二か月にわたる激戦の労苦の慰めとなったか。英気を取り戻した熊本隊の全将士の胸中に、八代・熊本に突入したいという望みが起こるのも無理はなかった。若い隊士の中には薩摩人の横暴を詰《なじ》り、薩軍と別れて熊本隊独自の行動をとるように強硬に主張する者もいたが、幹部の慰撫により、ようやく鎮まるという有様であった。

健軍の戦いに敗れた延岡隊のその後の動向だが、隊長大嶋景保が薩軍桐野との約束を守って浜町の本営に参着している。佐土原隊の解隊や高鍋隊の無断帰国と続いていたため、桐野は延岡隊の去就を心配していたが、無事に参着したと聞いて喜んだ。

その他、浜町の薩軍本営に到着した党薩隊に福島隊があった。熊本城の安政橋を守っていた福島隊は、鎮台兵の安政橋突破を狙っての突撃・猛攻に周章狼狽して混乱に陥り、敵に押されて武宮まで後退した。この戦闘で五十名の死傷者を出した。そのうえ、武宮で副隊長格の山下参謀が負傷し、政府軍に投降する。福島隊の危機を知って駆け付ける途中で負傷した坂田隊長と山下参謀を失い、戦力半減した福島隊は田原坂で敗れた薩軍主力とともに木山に退却し、その後御船の戦いでも敗れ、薩軍が本営を構える矢部浜町に辿り着いた。薩軍主力が人吉に南下することが決まったことで、福島隊は九州山脈を越えて高鍋に引き揚げ、そこで暫く休養し兵を整え、山蔭から田代の守備に就くことになった。

薩軍指導部は本営を人吉、出張本営を江代に置くことにした。四月二十八日、江代に着いた桐野は軍議を開き、人吉に病院や弾薬製作所を設けることを決める。そこに人吉の永国寺にいる西郷から使者が来て、野村忍介の豊後への進撃指令と併せ、各部隊の各地への分散の指示がなされた。奇兵隊を大分方面、正義隊と干城隊を江代に留め、雷撃隊を鹿児島県大口へ、常山隊を神瀬箙瀬に、鵬翼隊を佐敷（熊本県葦北町）へというもので、直ちに実行に移され移動が開始された。

ところが、官軍第三旅団が水俣・久木野《くぎの》から大口突入を図って山野方面に襲来してきたとの急報が入った。それを受け雷撃隊・破竹隊・常山隊・鵬翼隊の四個大隊が神瀬箙瀬方面へ向かった。また、薩軍本営からの要請で五月四日、熊本隊三個中隊が進発していった。

夜になって熊本隊の人吉本営の池辺のもとへ、旧藩の老臣の国友半右衛門と大矢野源水の二人が、細川家の命を受けて訪ねてきた。旧藩主の密書を見せ、その意向を伝えて池辺を諭そうとした。

池辺は好意に感謝しつつも、

「事ここに至ったのはすべて自分の責任である。しかし、これからもう後には退けない」

と声涙《せいるい》下る告白をした。二人も池辺の手を握って泣き、訣別の盃をかわして、翌朝人吉を去っていった。この使者は細川家が有栖川宮の許可を得て征討軍団から印鑑を貰い、帰順を勧告しに派遣した密使であった。

五月四日、熊本三中隊が佐敷・大野方面に向かって進撃を開始したときには、薩軍鵬翼隊と官軍別働第二旅団との間で戦闘が始まっていた。そこに第三旅団が大口への突入を企図して進軍中との報告が入ったので、鵬翼隊淵辺隊長は熊本隊に肥薩国境を越えて、第三旅団を山野において横撃することを要請した。

一勝地まで進出していた熊本三中隊は、急遽球磨川の支流を遡上して塔ノ原村に至り、国境の国見山に道を切り開いて、薩摩領山野に突入した。それまで人吉にいた池辺大隊長は牧柴隊を率いて山野の救援に向かい、それに加えて薩摩の辺見十郎太が雷撃隊を指揮して久七峠を越えて大口に乱入、山野の官軍を熊本隊とともに南北より挟撃し撃ち破った。敗走する官軍をさらに追って、肥薩国境の鬼神峠を越えた熊本隊、熊本協同隊、薩軍雷撃隊は久木野より水俣郊外の深川村へと進出した。五月十一日、そこから砲撃し水俣へあと少しのところまで肉薄したが、官軍も頑強に拒戦し、銃撃砲戦あるいは白刃を揮《ふる》っての血戦死闘が繰り広げられ、両軍とも多くの死傷者を出した。そして、ついに弾薬が著しく欠乏した薩軍は、七日間の激闘虚しく、水俣突入目前で挫折した。

その二日後の五月十三日、江代在陣の薩軍本営は鹿児島県宮崎支庁に宛て、坂田諸潔・鮫島元・横山直左衛門の三人を「日向表募兵参軍」に任命したことを通告した。これは薩軍の諒解なしの佐土原隊の解隊と帰国が原因で任命されたものである。

この三人が薩軍の武力を背景として、日向国内に恐怖の軍政を敷き、募金、募兵、物資徴発に絶対の権力を揮った。国内の士族は勿論、百姓、商人まで農兵や武器弾薬の製造方に駆り出し、戦争の渦中に巻き込んでいった。

水俣敗退に際して、雷撃隊の辺見十郎太は熊本隊の池辺大隊長の率いる北村・牧柴二隊とともに久木野に拠り、参謀山本定平率いる熊本隊の佐々・深野両中隊は熊本協同隊士らとともに鬼神峠を退守した。その後、鬼神峠の指揮官薩軍の仁礼新左衛門の優柔不断に愛想を尽かした熊本隊は別行動をとり、鬼神峠より小川内、六個所を迂回して水俣と出水の間に聳え立つ矢筈岳に進出、その東麓の招川内《まんば》に熊本隊の陣営を設けた。

五月二十五日、官軍別働第三旅団の一隊が突如として矢筈岳を襲い、守備していた出水郷の新徴兵和銃隊を撃破・遁走させ台場を築き始めた。熊本隊はこれを回復しようと、翌早朝、山頂の敵陣を襲撃、白刃をもって突撃したが、敵方も応戦し激突・壮絶な戦いとなった。この矢筈岳山頂の白兵戦は、西南之役中、熊本隊の三十余度の戦いのうちで、最も激烈を極めた血戦であったといわれる。

後の陸軍中将の竹下平作は十五歳という最年少で従軍、御船の戦いで負傷して人吉病院で入院中に、自分の所属する四番中隊の矢筈岳での奮闘を噂で聞いて矢も楯もたまらず、病院を抜け出し、熊本隊の本営の置かれた招川内へ向かったという。現代であれば平作少年と言っていい年頃だが、途中の国境の峠で、

青嵐《あおあらし》創をつゝみて馬に鞍

この若さにして武人としての気概溢れる一句を残していた。

矢筈岳激突以後、招川内戦線は十日間あまり膠着状態にあったが、他の戦線の状況は大きく変化していた。野村忍介率いる奇兵隊は、四月三十日、江代を発して椎葉経由延岡に進出、ここを根拠地とし豊後路進出を計画する。総勢二十個中隊三千余名、工兵隊・砲兵隊を伴う精鋭部隊であった。これに豊後経略を薩軍本営に進言した小倉処平を隊長とする飫肥隊が加わり、小倉は奇兵隊の軍監（後に総軍監）に就き、石川駿が奇兵隊十八番中隊長、米良一穂は同じく十九番中隊長、守永守も二十番中隊長となって薩軍とともに豊後路各地を転戦することとなった。

まず日豊国境の宗太郎峠を越え大分県重岡を衝き、さらに佐伯、竹田城を屠《ほふ》った。薩軍

侵入を契機に、地元の旧岡藩士族堀田政一を中心に、党薩竹田報国隊約六百人が結成された。奇兵隊の配下に編入されていた中津隊も帯同していた。

同じころ、豊後臼杵では薩軍の侵攻を防ぐため、旧士族八百人が臼杵隊を結成し、官軍に協力して薩軍侵入に備えていた。

六月一日、奇兵隊は臼杵城西の陣山で、官軍と臼杵藩士隊の連合軍と激戦に及んだが、臼杵湾上の官軍艦船からの艦砲射撃を受けて敗退、大分市への進出を断念する。

人吉方面では別働第二旅団が八代より、五家荘道・五木越道・種山道・万江越道・照岳道・球磨川道・佐敷道の七道に分かれて、薩軍の必死の抵抗を退け五月三十一日、人吉に迫った。翌六月一日、先鋒山路元治中佐の五個中隊が照岳を越えて侵攻、薩軍を破って人吉城へ突入し、午前九時に人吉は陥落した。

人吉陥落で神瀬・佐敷方面の薩軍破竹隊・鵬翼隊と、江代方面の干城隊・常山隊の四隊は壊滅し、日肥国境の矢岳・国見岳の間の加久藤《かくつ》越を越えて雪崩のように日向方面に退却していった。それに呼応するかのように、人吉隊本営副総裁の犬童治成・軍監瀧川俊蔵ら二百八十人が官軍に降伏し、薩軍破竹二番隊の満尾勘兵衛以下二百人が投降した。また、西郷の副官で鵬翼隊大隊長淵辺群平が戦死したが、官軍の人吉への侵入を防ぐため、球磨川に架かる鳳凰橋を燃やそうとしていたところを、狙い撃ちにされての死であった。

人吉を後退した薩軍は田代・大畑・大河間の戦線に拠って、村田・平野・河野が指揮を執った。

鹿児島へ向かった行進・振武両隊の動静だが、五月三日、鹿児島市郊外の吉田村に到着し、占領中の別働第一、第四旅団と交戦、一か月にわたり小競り合いを繰り広げていたが、六月四日の鹿児島市南郊の柴原の戦いに大敗し撤退を余儀なくされた。

西郷らは前日すでに人吉を出発し、五月三十一日に宮崎に到着していた。

桐野も宮崎に向かい、本営をこの地に移して総指揮を執ることとなった。宮崎県は明治六（一八七三）年に置かれたが、同九年に鹿児島県に併合された。薩軍は鹿児島県宮崎支庁を軍務所と称し、大区事務所を郡代所とし、戸長役所を支郡所と改称した。そして、軍政民政ともに薩軍の総本営となった軍務所から出されることになる。また、弾薬製造所を高岡・高鍋・佐土原などに設け、軍備を謀り新兵を募集し持久戦の態勢を敷いた。

敗色濃厚の薩軍にあって、独り万丈の気を吐いていた肥薩国境大口方面の辺見十郎太の雷撃隊と熊本隊、熊本協同隊は人吉が撃破されるに及んで、六月初めごろから出水、水俣から後退し始め、大口防衛に集中していた。だが、六月二十日大口戦での大敗により後退せざるを得ず、菱刈・横川に守戦を張った。

雷撃隊が大口を撤退することになったとき、辺見は洞の老松の傍らに立ち、「私学校の精兵をして、猶在《なお》らしめば、豈《あに》此敗を取らんや」

覚えず涙を流し、嘆いたといわれる。

六月二十五日、辺見の雷撃隊は曾木、菱刈で官軍と戦ったが、劣勢を挽回することは叶わず、相良の行進隊、中島の振武隊と合流し南へ後退、ついに大口方面における戦いに幕が降ろされた。

薩軍と共に戦い大口を敗退した熊本隊は、尚も薩軍と行を共にして抗戦を続けていたが、七月一日ついに撃破された。その敗走の途次、熊本隊二番中隊長北村盛純は横川で重傷を被り、「遺憾、遺憾」と叫びつつ隊員に助けられながら退却し、都城に至って絶命したが、出陣に際し妻に三人の愛児を託して歌を残していた。


なき跡を頼み置くなり一二三子のたけくすなほにそだつ計《ばか》りを

人吉撤退後、村田は都城に入り、人吉・鹿児島方面から退却してきた薩軍諸隊を纏め、都城への進撃が予想される官軍に対する防備を固めることにした。その指示の許、六月十九日に河野率いる破竹隊が、別働第二旅団が守る飯野を二日間にわたって攻撃し奪取を図ったが、官軍の守り堅く落とすことができなかった。逆に横川から転進してきた第二旅団が小林から高原を攻撃し高原を占領した。その高原奪還を目指す薩軍は、九個中隊を投入して高原の第二旅団を奇襲、あと一歩で奪還するところまでいったが、官軍の増援と弾薬の不足により、引き揚げざるを得なかった。

これ以降、官軍の警戒は強まり、薩軍の奇襲に備えるようになり、再攻撃も功を奏せず、高原奪還を果たせぬまま庄内へと退却した。横川方面が官軍に制圧されたため、七月一日、薩軍諸隊は踊に退却し陣を敷いたが、官軍が国分に侵入し踊の薩軍を背後から攻撃したので踏み止まれず、大窪に退却した。

徐々に官軍の包囲網が狭まりつつあり、薩軍の拠点都城への侵攻が迫ってきた。都城守備の薩軍総指揮官村田新八は、官軍が近郊に迫るのを待って決戦を挑む予定であったが、官軍の進軍が予想外に早く、陣容を整備して立ち直る余裕がなかった。

都城は財部実秋などの都城隊が守っていたが、兵力の消耗や火器類が殆《ほとん》ど装備されておらず、抵抗する力もなく都城を放棄せざるを得なかった。庄内方面・財部方面が官軍に占領された結果、都城の各方面で薩軍は総崩れ状態に陥っていた。

七月二十四日明け方、官軍第三旅団が庄内本道の薩軍の守塁を攻撃し、一斉攻撃の火蓋が切って降ろされた。薩軍は峻嶮《しゅんけん》を頼んで守備を怠っていて、不意を衝かれ支えきれず敗走した。敵方の攻勢で十二砦と称された薩軍の要害が次々と陥ち、官兵は庄内の古城に上がって一斉に薩軍を狙撃した。このとき熊本協同隊が銃を執って駆け付け、城山に上がって官軍を乱射してくい止めたが、官兵が背後に廻って追ってきたので都城方面に退却した。

その当時熊本隊は十文字の保塁を守っていたが、敵が突如として前面に現れ迫ってきたので、谷を隔てて防いでいたが庄内方面に噴煙が立った。斥候の報告で薩軍が敗れ都城方面に向かって潰走、官軍の追撃が急であるという。すでに庄内・財部が官軍に占領され、このままでは熊本隊は背後を遮断される恐れがあり、各中隊に都城への退却を命令した。

熊本隊の佐々中隊長は薩軍・熊本協同隊と協議し、

「都城はわが病院や輜重《しちょう》がある場所で、今ここで一戦して敵の胆を破らねば、患者や輜重はどうなるか」

と言って、隠れて敵の追撃を待ち受け、官兵が近くに迫ってから斬り込んだ。隊士加来信門・高橋長秋・宇野東風らが白刃をかざして敵兵数人を斬り、城宗系・義核の兄弟は奮戦したが敵弾で負傷した。熊本隊はしばらく踏み止まって奮戦していたが、財部方面の官軍が都城をつこうとしていて腹背に敵を受ければ進退が窮まるので、ついに都城に向かって退却した。

しかし、官軍の四個旅団が一斉に進撃し、別働第三旅団は財部の薩軍を破って、同七月二十四日午前十時、先頭が都城に突入した。迅速な官軍の猛進撃に、都城の町内は老幼婦女が逃げ回り、都城病院の傷病兵も後送できず、阿鼻叫喚《あびきょうかん》の悲惨な情景となった。

都城を退却した薩軍と熊本隊は合議し、青井ヶ岳西麓の山之口に屯集してここに守備陣を敷いた。薩軍雷撃・行進の二隊は板谷越に到着してこれを守った。

七月二十五日、官軍の第四旅団の斥候隊が山之口の前面に来たのを、薩軍の守兵が大軍来襲と誤認し遁走したので、薩軍・熊本隊とも止むを得ず後退した。激雨の中を青井ヶ岳を攀《よ》じ登り、追尾する官軍を迎撃しながら、山之口から二里半の天神河原に辿り着き、それから一里余の片井野に到着した。

天神河原は貴島清が振武・行進の諸隊を率いて熊本隊とともに守り、板谷越は辺見十郎太が雷撃・干城の諸隊を率いて守り、飫肥の薩軍にも連絡が通じた。一方、都城を占領した官軍は次の進撃部署を決めた。別働第一旅団は末吉から飫肥へ、別働第三旅団は堀山に、第四旅団は山之口を経て宮崎に、第三旅団は庄内から高城に進撃することとなった。

敗走日向路

桐野は五月中旬以降、宮崎に転じて鹿児島県宮崎支庁に薩軍本営をおき、後方軍務を統括していた。戦力を立て直すには、人吉より兵糧が豊富で兵として調達できる人口の多い宮崎が適当と考えていたからだ。

一軍を率いて宮崎支庁入りした桐野は、同月二十一日に藁谷宮崎支庁長に、

「今般、容易ならざる挙にいたり、すでにここに臨《のぞ》んだ以上は、姦賊《かん》（政府軍）が分隊を日向に差し向けることは眼前にみえている。日向はいずれわが兵（薩軍）が割拠の地として民生を布《し》くつもりである。ついては、士民一心、日向をもって父母の地と心得、これを守るべく義務をつくさねばならない。されば、士族はむろんのこと、農商もふくめ強壮の輩を募《つの》る。この募兵については、万々にも違背があってはならない。違背があれば敵と見做し、軍政の処分に付す」

という文書を差し出した。

そして、直ちに宮崎支庁の門に「薩軍軍務所」の門札を掲げ、住民に税を課し、十八歳から四十歳までの男子を、例外を認めずに強要して兵にすることにした。また、宮崎監獄の囚人を釈放して弾薬を作らせ、軍資金に充《あ》てるための軍票を試作させている。

桐野は鹿児島に併合された日向地方を、西郷軍の拠点にする構想を持っていた。構想実現のため、五月三日に振武隊を鹿児島へ送り込み、横川に本営をおいて鹿児島の政府軍を攻めさせた。鹿児島方面の官軍を叩いて、日向への侵入を防ぐためであった。だが、振武隊は先回りしていた官軍と長期にわたっての攻防戦を強いられ、火器に勝る官軍に押され撤退、辺見十郎太の雷撃隊も薩摩大口で官軍と攻防戦を繰り返していたが、ついに大口からの撤退となった。そのような情勢の中での日向への転進であった。

鹿児島での敗戦で後がなくなった薩軍は、日向で戦力を蓄え日向路を北上し、豊後との国境付近で優勢を誇る野村忍介の奇兵隊と合流し、東上するしか手がなくなっていた。

桐野が宮崎に入ったころ、再出馬を要請されていた島津啓次郎が薩軍本営に出向き、軍務に就いた。桐野の誤解を解く必要に迫られてのことだが、何をされるか分からない不気味さがなかったとはいえない。それができる桐野でもあった。生き残りの隊員百余名で編成された佐土原隊が、薩軍の指示に従い行動することとなったのは言うまでもない。

一方、総帥西郷は宮崎でどう過ごしていたのであろうか。五月末に宮崎入りしていた西郷は、宮崎支庁から五、六百メートルほど東北東の広島通の農家黒木某の離れに、素性も告げずに止宿していた。軍務所には顔を出さず、時折兎狩りをしていたと伝わる。彼の暮らしぶりを知っていたのは、身辺を警護していた別府晋介だけであった。近代日本最大の内戦の中で六十日もの間、西郷が広島通で無事に過ごせたのは、陰で西郷を警護していた別府晋介と、西郷の生活ぶりを許す宮崎の土地柄にあったと見てよさそうである。

薩軍が軍政を敷いた日向地方では、軍務所が西郷軍の食糧を確保するため、米穀の移出を禁じ、住民から徴収した県税を軍資金にしただけでなく、不換紙幣（西郷札）を発行して、これも軍資金にしていた。

宮崎県史編纂室の永井哲雄氏は「西南の役と日向の動向」で、次のように記している。

「桐野は日向地方の家々の槍、鏡、漁師の投網の鉛をはじめ、寺院の梵鐘、由緒ある日向の一宮・都農神社の銅板屋根を取り上げ、清武、高岡、宮崎、広瀬、高鍋、都農、美々津、富高、延岡などに臨時の弾薬製造所を設け、ここで住民に強制して弾薬を作らせ、これに応じぬ者を敵と見做し、軍制の処分を行うと脅した。また、農兵に陣地の守備、連絡補給の仕事を強制し、日向地方は蛇に睨まれた蛙と同じく辞退は許されなかった。」

しかし、軍務所で囚人に作らせた軍票はうまくいかなかった。それで六月、桐野の指示で広瀬村の瓢箪島に造幣局を設け、本営附・中馬甚七を紙幣製造係、旧佐土原藩の彫刻士森喜助を主任にして軍票を作らせ、これを「西郷札」と命名した。「西郷札」としたのは西郷の権威を利用するためである。

政府の目の行き届かない日向の小藩佐土原藩は、幕藩時代の貨幣鋳造の常習者で偽金造りにかけては最高の技術を有していた。桐野はそれに目を付けた。当初、百万円発行する予定であったが、政府軍の北上が早く、十四万千四百二十円で終わった。

西郷札は戦費に困窮しての最終手段の悪策で、裏付けの担保もない不換紙幣であり、商人たちの信用を得ることなどできようはずはない。薩軍は至る所で戸長に募金拠出を命じ、「大払い」と称して戦勝の後払いをするという保証のない大借金をして、商人や旧庄屋らを苦しめた。利に聡《さと》い商人は、薩軍の進駐に先回りして西郷札を使いまくった。西郷札での支払いを拒否すると薩軍の軍務所から圧力が掛かり、命には替えられないのでなるべく早く物に替えて、手元に残さない作戦に出た。貧乏籤を引いたのが延岡の商人たちであった。薩軍が敗退し延岡を去った後、たくさんの西郷札が手元に残った。

七月二十七日、別働第三旅団（警視隊）が飫肥に侵攻してきた。小倉処平を中心とする抗戦派の主力が豊後方面に出陣し、奇兵隊に加わり激戦を繰り広げていたこともあり、その間隙を縫って飫肥本営は降伏を決めた。たまたま桐野の命令で飫肥に戻り海岸防衛の任にあった飫肥隊隊長の川崎新五郎と伊東直記は、防戦も叶わず本営の指示に従い高山傳藏区長と三人で官軍を出迎え降伏を伝えた。飫肥城の守備隊八百四十余名の多くが、政府と戦うのに反対していたからである。飫肥に駐留していた薩兵も投降した。

高岡攻略に向かった第二旅団は七月二十八日、別働第二旅団とともに紙屋に攻撃を仕掛け、薩軍の辺見・中島・河野・相良らの防戦により、苦しい戦いとなったが何とかこれを抜いた。翌二十九日、官軍は高岡に向かう途次、赤坂の険を破り高岡の占領に成功する。

薩軍は宮崎の陥落が迫っていたので、病院・輜重《しちょう》本部・軍務所などを悉《ことごと》く高鍋を経て、延岡方面に移した。西郷は七月三十日、狙撃半小隊の護衛で、宮崎を出て高鍋に向かった。

丁度そのころ、日向表募兵参軍の坂田諸潔の再三の強要に抗しきれず、第二次隊出兵を決めた福島隊百六十名が高鍋に向かっていた。一度志が挫折し、あまつさえ朝敵の汚名を着せられたので再度の出兵を拒否したが、

「命令を拒む者は敵と見做し軍罰に処す」

という脅迫には抗しきれず、第二回目の出兵が結成された。

高鍋に着くや坂田は、

「福島隊では自分を暗殺しようと謀議を図った疑いがある」

と輜重隊の吉松卓蔵と鈴木垣平を捕らえ、高鍋城の籾蔵を仮牢として拘置した。坂田が途中美々津で変心して熊本に向かったことを憤慨する隊士たちから、彼を暗殺しようとする計画が持ち上がっていたが、それが高鍋にいる坂田に密告されていたのだ。


官軍第三旅団・第四旅団・別働第三旅団は七月三十日、穆佐《むかさ》・宮鶴・倉岡を抜き、宮崎の大淀河畔に迫っていた。三旅団は翌三十一日、大雨で水嵩《みずかさ》の増した大淀川を一気に渡り宮崎市内に攻め込んできた。薩軍は増水のため官軍の渡河はないと油断していて、抵抗できずに民家に火を放って海岸線を北上、一ツ瀬川方面へと遁走した。

市内に侵攻した官軍が宮崎軍務所を包囲すると、藁谷支庁長は戦わず、門を開いて官軍を迎え入れた。開戦当初は薩軍贔屓であったが、征討命令が出されてからの藁谷は政府寄りの立場に変わっていたので当然の行動であった。また、薩軍が「西郷札」を発行することにした際、日向の経済が混乱すると反対し、桐野に強く抗議したのも藁谷であった。

敗走した薩軍は一ッ瀬川の河口付近より北岸方面にかけて、防備を固め官軍を迎撃する態勢をとった。八月二日払暁より、官軍は総攻撃を開始する。一ッ瀬川南岸より一斉に進撃を始めたが、対岸の高台より撃ちおろす薩軍の猛射に阻まれ、容易には渡河することができなかった。そこで、すでに占領下にある佐土原城下より、砲隊を川岸近くまで移動させ、砲撃させると薩軍の砲火も下火となった。

その機を捉え、官軍が前進し薩軍陣営に突入を繰り返すと、浮足立った薩軍陣地は官軍各旅団の一斉進撃によって総崩れとなった。付近の陣地から薩軍の危機を遠望していた熊本隊が応援に駆け付けたが、勢いに乗る官軍の部隊に粉砕され、池辺大隊長は行方不明、佐々中隊長は重傷、その他死傷者が多く出て惨敗してしまった。ここに一ッ瀬川の会戦は勝敗が決し、混乱した薩軍は全軍総崩れとなって高鍋に向かって潰走した。

この日、夜明け前に西郷は護衛隊とともに都農町を出て、延岡の西郊大貫村の山内善吉家に宿泊することになった。

佐土原の陥落で退却する薩軍を追って、官軍の別働第二旅団の一隊が高鍋に入り、後続の旅団も次々と高鍋町に突入してきた。薩軍は支えきれずに弾薬製造所に火を放って美々津方面に遁走したが、炎天の下、高鍋の町は猛火に包まれ悲惨な情景を呈していた。

官軍の高鍋突入の際、籾蔵を改造した獄舎に、旧藩士十名と、福島隊の輜重方を務めていた吉松卓蔵、鈴木垣平の二名が囚われていた。十名は旧藩主秋月種樹《たねたつ》や三好退蔵らの説得によって、参戦反対論者に転向し、隠密裡に反戦運動をしていた者たちであった。不運にも三好より同志に宛てた書簡が見つかり、薩軍に非協力、反抗の科《とが》で投獄されていたが、官軍の入城で開放されたのである。

官軍は薩軍が待ち構える秋月家の城下町高鍋に突入し残敵を掃討、昼過ぎまでには市中の占領を完了していた。ここで態勢を整え小丸川に軍橋を架け耳川まで進出、河口の美々津から南岸八キロの間に、新撰、第四、第三の各旅団を布陣し、攻撃態勢を整えた。

これに対して薩軍は河口付近の幸脇に熊本、熊本協同、竜口の肥後三隊をおき、その上流に辺見の雷撃隊、高鍋の武藤東四郎が率いる徴募隊、残兵僅かな佐土原隊、河野の破竹隊次いで中島の振武隊などの諸隊が、北岸に轡《くつわ》を並べて、官軍を迎撃せんと待ち構えていた。高鍋隊は落城に際し、城内に備え付けられていた十二斤《きん》砲を持ち出し、耳川の右岸の胸塁に据え付け、正確な砲撃で対岸の官兵を苦しめたのはこの時のことである。しかしながら、薩軍の耳川戦線の将兵は僅か三千余に減じ、相次ぐ敗退により食糧、弾薬の補給は断たれ、疲れと飢えのため戦意を失いかけていたが、武士の意地だけが支えであった。

この日、西郷は自ら筆をとって、「告諭書」を薩軍諸隊長に送って激励した。

「各隊尽力の故を以《もっ》て、既に半歳の戦争に及び候。勝算目前に相見え候折柄、遂に兵気相衰へ、急迫余地なきに至り候儀は、遺憾の至りに候。尤も兵の多寡強弱に於ては差違無之、一歩たりとも進んで斃《たお》れ尽し、後世に恥辱を残さざる様、御教示可被給候也。

八月六日　西郷吉之助

各隊長御中」

官軍は八月七日、迂回作戦で五里上流の山蔭の奇兵隊を撃破、細島街道を進軍して富高を占領した。これによって、山蔭より下流の陣地の薩軍は追い詰められ、降伏、逃亡する者が続出した。混乱の渦中にあって、辺見十郎太の雷撃隊は山中を横断していたとき、たまたま通過中の官軍の補給隊を襲い、砲二門と弾薬数万発を奪って警戒戦を突破、門川に退くという豪胆ぶりを発揮していたが、官軍の延岡包囲網は狭められ、薩軍の命運も旦夕《たんせき》に迫っていた。

延岡は奥州磐城平から移封された内藤家の城下町で、表高七万石も実収は六万石余の徳川の譜代大名である。明治元（一八六八）年鳥羽伏見の戦いに、幕命に従い出兵した咎《とが》により藩主が戦後京都に呼び出され、謹慎を命ぜられ朝敵の賊名を被《こうむ》っていた。この度の「西郷の挙兵」に参加するかどうかも大いに迷ったが、激転する時勢を洞察する見識に欠け、党薩出兵に踏み切ってしまった。これで鳥羽伏見の戦いに次いで、再び郷里に大きな不幸を齎《もたら》すこととなった。

五月中旬、人吉より延岡に進軍した薩将野村忍介の奇兵隊を迎えてから、一藩の総力を挙げてこれを援助し、薩軍への従軍者千三百九十六人、軍資金三万千五百三十四円を拠出している。また、将兵の宿泊、物資の調達、弾薬の補強まで行き届かざるところはなく、延岡の奇兵隊は士気、戦意ともに充実した兵力を維持していた。だが、これには弾薬製造などを受け持った藩の婦女子隊の献身的な働きがあった。

征討軍参軍の山県有朋は八月十二日、富高町塩見に諸将を集めて軍議し、十四日を期しての延岡突入を決定した。十三日より行動を開始したが、本街道を北進する正面部隊の新撰、第四、第三旅団は激しい抵抗に遭遇した。薩軍の主力を率いる桐野、村田両将が一千余の兵をもって門川町の五十鈴川にて抗戦し、敗れるも再び同町鳴子川北岸を死守した。

このとき、鳴子橋畔の鳴子塚で白刃を振って激闘した、辺見十郎太、河野主一郎の戦いぶりは異彩を放っていた。細島守備より三田井口へ向かって転出せんとしていた熊本諸隊も、二人の戦いぶりを見て引き返し、門川の五十鈴川、鳴子川において薩軍とともに官軍を邀《よう》撃し、激闘を繰り広げた。

官軍の正面軍が苦戦している間、別働第二旅団は迂回路を薩軍の残兵を掃討しつつ進んでいた。夜に入っても進軍を続け、十四日未明、延岡の西方の部落に出て、五ヶ瀬川の南岸に沿って一気に進み、先鋒が延岡に突入した。この西方よりの官軍突入によって、薩軍は延岡放棄の已《や》むなきに至り、諸隊は延岡北方の祝子《ほうり》川を渡って和田越の天嶮《てんけん》に拠ることとなった。

門川で本街道を死守していた辺見・河野両将は、官軍の延岡突入の報せに、兵を収め熊本隊とともに撤退を始めた。だが、延岡の町に入ることができず、海岸を伝わって方財《ほうざい》に迂回し、漁船を全部徴収して水量豊富な五ヶ瀬川口を渡った。急追する官軍に渡船がないのを尻目に、悠々と対岸東海《とうみ》に上陸し、和田越の東麓無鹿《むしか》に至って本隊と合流した。

延岡撤収に際して、命を受けた民生係の都城小隊長の東胤正が、

「延岡の人士の薩軍へのご協力を衷心より感謝する。この町は南北ともに河川に挟まれ、守戦するには頗《すこぶ》る地の利を得ている。しかしながら、今日まで我々のために誠意を尽くされた延岡城下の方々の恩義に対し、戦火によってこの町を焦土と化すことは忍びない。薩

軍は敢えて戦わずしてこの地を去ることとする」
薩軍本営に各戸長を招集し慇懃《いんぎん》に挨拶し、薩軍の敗兵はその指示に従い北方に向かって撤収、延岡城下は兵火の厄を免れた。

これは大区長塚本長民の懇請を、奇兵隊隊長の野村忍介が聞き入れ、薩軍本営の池上ら首脳たちを説得した結果であった。野村や副将の増田宋太郎（中津隊）ら奇兵隊の進駐後の延岡人が寄せた真情と、塚本大区長の郷土を思う熱意に動かされたからだ。

八月十四日、官軍が続々と突入してきた。撤退の報せの届かなかった薩軍部隊は、抵抗する気概もいまはなく降伏するしかなかった。ここに薩軍の日向の拠点延岡は官軍に占拠された。この日、延岡の陥落で大島景保らの延岡隊四十人が官軍に降伏した。

総師西郷は官軍の延岡突入前、親衛隊に守られて延岡を去り、北川を遡って可愛岳《えのだけ》東麓の北川村笹首に避難していた。桐野、野村、河野、高城らも西郷の後を追い合流し、小野彦治家に宿陣した。そのころ、延岡を撤退した薩軍・党薩諸隊は和田越を目指していた。延岡から北に一里余、豊後街道の高地で左右に山々が連なる最適の防御の地である。薩・党薩の諸隊はこの地を押さえて部署を定め官軍を待ち構える構想である。この地の険要を頼んで五万の官軍を、僅か三千五百の兵で邀撃しようというのだ。さらに勝機を摑んで再び延岡を回復せん、との思いもあったであろう。

準備の整った薩軍は、追跡して迫ってきた官軍と交戦状態となったが、よく防戦したため敵方も攻め切れず、勝敗が決しないまま日没が近づいたので、官軍は兵を収めて後退した。官軍の追跡を交わした諸隊は、和田越を隔てる僅か一里、可愛岳が嶺を連ね下には北川が流れ、一つの谷道があるだけの狭隘《きょうあい》な土地の長井村に向かっていた。そこに薩・肥軍の本営や各輜重・弾薬製造係・病院などがみな集まっていた。

その夜、延岡陥落の敗報を聞いた西郷は、北川町笹首の宿営で諸将を呼び集め、軍議を開いた。その席で西郷は初めて積極的な発言をした。

「明朝、自分が和田越の陣頭に立って、先鋒を指揮して最後の一戦をやろう」

これを池上や村田らが必死に諫《いさ》めたので、西郷も自ら先鋒となることは思い止まった。和田越決戦の軍議は白熱化し、可愛岳に月が没するころ、和田越での最後の決戦で全員意見が一致し、軍議が終わり散会となった。

未明前、西郷は桐野・村田ら諸将を従え宿舎の小野邸を出発、舟で北川を下り大峡《おおかい》から和田越へ登って暁を迎えた。夜が白々と明けたころ、陣地の中央・和田越の頂上に西郷が姿を現すと、薩軍三千五百の兵児の間から大歓声が上がった。六か月ぶりにうち仰ぐ総帥西郷の姿で、薩軍の士気は大いに上がった。最後の決戦に死力を尽くして戦い、五万の官軍を撃破して再び延岡を回復しようとの意気に燃え、突撃体制を固めて開戦を待っていた。
各隊の配置場所は以下のとおりであった。

（中央の和田越・小梓峠方面）
熊本隊・隊長山崎定平　奇兵隊・隊長野村忍介
奇兵隊第二大隊・隊長重久雄七
中津隊・隊長増田宋太郎
（右翼・長尾山方面）
雷撃隊・隊長辺見十郎太　振武隊・隊長中島健彦、監軍貴島清
熊本協同隊・隊長野満長太郎
（左翼・無鹿方面）
行進隊・隊長相良長良　破竹隊・隊長河野主一郎　常山隊・隊長平野正介
干城隊・隊長阿多荘五郎　鵬翼隊・隊長新納精一　正義隊・隊長高城七之丞
奇兵隊・監軍伊東直二、佐藤三二
飫肥隊・隊長小倉処平　高鍋隊・隊長秋月種事

一方、官軍は総力を挙げて薩軍の包囲殲滅《せんめつ》を狙っての作戦であった。五個旅団・総数五万の大軍が僅か三千五百の薩軍を撃滅しようというのだ。山県参軍の作戦の下、攻撃方向が決まり、十五日早朝から行動を起こした。

薩軍は西郷が陣頭に立ち、桐野・村田らも自ら兵を指揮したので薩軍の士気は大いに振るった。諸隊を糾合して部署を定める。長尾山・小梓越・堂坂方面に辺見・野村の諸部隊・熊本隊を配置、無鹿方面には中島・相良・河野らの部隊を置き、軍の半分は和田峠を固守し、半分を左右に配置して互いに連絡を取り、大挙突進して延岡を奪回しようとした。また、山上に大砲を据え、号砲を合図に左右両翼が呼応して攻撃した。

別働第二旅団が長尾・小梓方面に向かい、早朝稲葉崎に進んできたので、午前八時、薩軍は右翼長尾山の兵を集め、山を下って稲葉崎に銃砲撃を加えながら、官軍の中央および左翼に突入した。官軍もその右翼を進め、薩軍の左翼堂坂方面を衝き、両軍ともに全力を傾注して一進一退の激戦になった。やがて、官軍の援軍が大挙して到着したので薩軍は前進を阻まれ、遂に後退して和田越に立て籠もった。

官軍は追跡してきてその険要なのを見て躊躇《ためら》ったが、意を決して和田越を目指して畦道《あぜみち》を突進してきた。薩軍は山上の塁壁から俯瞰し射撃して敵兵を倒したが、官兵も屈せず山裾に集合して猛烈な攻撃を仕掛けてきた。官兵は進めば必ず倒されるが、屍を乗り越えて進撃し、近接してからは白刃と銃槍の白兵戦になり、戦況は一進一退を繰り返した。

しかし、薩軍の最右翼の防御が手薄であるのを知った官軍は、熊本隊が守っている小梓峠に向かって攻撃を集中してきた。小梓峠では山崎大隊長がすでに死を覚悟して、隊士の先頭に立って指揮していたが、忽《たちま》ち敵弾が下腹を貫通して重傷を負った。松浦監軍・加来小隊長らも抜刀して、率先して隊士を励まして戦ったが、官兵が嶺を攀《よ》じ登って熊本隊の塁壁に迫り、別隊が左翼に現れて熊本隊の側面から射撃してきたので、多勢に無勢、ついに支えきれなくなった。熊本隊の堡塁危《ほるいあやう》しと見て、長尾山上の辺見十郎太は一隊を割《さ》いて救援し、また左右の薩軍の守塁からも馳せ集まって支援したが、時期を逸していた。

初めて和田越の防衛線を突破し、守塁を奪取した官軍はこの拠点に兵力を次々と投入、三方から死力を尽くして逆襲する薩軍を山上から射撃した。野村忍介がさらに奇兵隊や竜口隊を増援したが、時すでに遅く和田越の薩軍戦線は堂坂方面がまず陥落、ついに熊本隊守備陣の一角から敗れて薩肥の全戦線が崩れ、薩軍は長井村を目指して退却していった。

和田越の戦いは激戦であった。薩軍は奇兵隊隊長野村忍介・伊東直二、飫肥隊隊長小倉処平らが負傷し、死傷者百余人であった。高鍋隊・佐土原隊をはじめ投降した者百七十余人、逃亡や行方不明者多数であった。これを境に三千五百人の薩軍は約二千人に減り、いよいよ長井村に追い詰められた。

西郷は桐野・村田らを従え和田越の頂上に登り、全軍を指揮していたが、弾丸が雨のように注ぎ、砲弾が頭上に破裂して危険が迫ってきたので、桐野・村田らは西郷の身を案じ左右から押し包むようにして後退させ、和田越を下って大峡より差木野に出て、その夜、長井村俵野の児玉熊四郎宅に逃れた。宿舎であった北川町笹首の小野邸が、谷干城少将の鎮台軍に占領されていたからである。

西郷はいままで陣営に身を潜めて他者に接したことがなく、戦場に臨むこともなかったのに、この戦いで全軍を指揮したのは深く決心するところがあったからだ。別府晋介率いる護衛兵に守られて、和田越頂上から戦況を眺めていたが、徴兵軍が半年間で鍛えられ強くなったのを見て桐野に、

「いつも百姓・町民兵隊というていたが、あん強か兵隊を。もう日本もこれで大丈夫。外国軍じゃてん、負けん」

と語ったと伝わっている。

西郷が政府軍が強くなったと言ったのは負け惜しみではなく、士族兵が「土百姓の鎮台

兵」と馬鹿にしていた、徴兵制軍隊に敗れたことを認め、もう武士の意地とか武勇とかではなく、銃、大砲、通信技術、軍艦という近代的軍事力がものをいう時代となっていたことを思い知らされたのである。

和田越の戦いで追い詰められた薩軍が拠って守る所は、日豊国境の長井村の一里四方に過ぎず、まさに袋の鼠、全滅の運命が目前に迫っていた。官軍第二旅団は長井村の背後を迂回し可愛岳中腹に進んで占領していた。豊後から進撃してきた熊本鎮台軍も、長井村北方の熊田を陥れていたので、包囲網は出来上がっていた。

夜になって至る所に官軍の篝火が焚かれ、辺り一面に凄まじい殺気が漲《みなぎ》っていた。項羽が「四面楚歌」を嘆いたと同じ心境を、長井村の病舎にいた熊本隊士の宇野東風が詠んだ一首があった。

攻めよせてま近き四方《よも》の山々にたきもすさぶか仇《あだ》のかがり火

八月十六日、西郷はついに決意し「告諭書」を認《したた》め、薩軍の解散を諸隊に令した。

「我が軍の窮迫ここに到る。今日の事、唯一死を奮って決戦あるのみ。この際諸隊にして降らんとするものは降り、死せんとするものは死し、士の卒となり、卒の士となる、唯その欲するところに任せよ」

その後、西郷は陸軍大将の軍服や書類を火に投じた。

解散命令が出たときには、すでに各地の党薩諸隊は殆ど降伏するか解散していたが、熊本隊・熊本協同隊・竜口隊と、中津隊・武田報国隊などが最後まで残っていた。

熊本隊は青年幹部が会議を開き議論を交わし、

「事すでにここに至って策略もすでに窮まった。もう他には方法がない。ただ一死あるのみだ。しかし、死ぬのに三つの道がある。一つは割腹、一つは戦死、一つは刑場である。もっとも割腹や戦死の如きは潔いようであるが、われらが事を挙げたのが、西郷のために尽くしたのに似て、赤心報国の誠を天聴《てんちょう》に達することができない。実に千載の遺憾である。また、夫卒《ふそつ》とともに屍を原野に曝《さら》せば、玉石混淆《ぎょくせきこんこう》になってしまう。暫くは膝を法庭に屈して、詳《つまび》らかに勤王の素懐を開陳し、その後に隊士数百人の命に代わって、従容として刑典に処せられようではないか。これこそ人の長たる者の本分ではないか」

との主張が多数を占め降伏の道を選ぶことになった。松浦・桜田・大里の長老たちも同意し、熊本隊の進退が決まった。

中隊長佐々友房は戦場にあって戦歴のあらましを筆記し冊子に纏めていたが、日向長井村で官軍に降伏したとき、熊本隊士西村季四郎の病気看護のため陣中にあった彼の母堂に、少冊子を託して熊本の実家に送ってもらい、出獄後加筆して出版したのが『戦袍日記』である。

官軍の兵士が母堂の荷物を点検した際、冊子をくるんだ包みを見て糺《ただ》すと、

「はい、褌《ふんどし》でございます」

兵士は笑って立ち去った。咄嗟の機転で危機一髪を免れたという。

西村の母堂のように、戦陣の間、傷病の夫や子を看護し、傍ら他の傷病兵をも看護した婦人がいたのである。西南之役にまつわる佳話《かわ》として残っている。

同じころ、竜口隊隊長中津大四郎は、隊士全員を集めて別れを告げ、先祖伝来の陣羽織を着し、薩軍本営に西郷・桐野・村田らの諸将を訪問し、さらに僚隊の熊本隊・熊本協同隊を訪ねて、それぞれ訣別の謝辞を述べた。

中津は人々の慰留を断って、十八日、俵野天神社に行き、神官に後事を托し辞世の歌を残して割腹した。

義をたてし身はこの山に捨て置きて名を末の世にのこすうれしさ

降伏と決まったが、薩軍本営と官軍の陣営にも告げねばならないが、隊士で進んで行く者がいない。最後は軍医松岡独醒庵が意を決して官軍の陣営に降伏の意を申し出た。八月十七日のことであった。その午前十時、熊本隊のほぼ全員が銃剣を脱して官軍に降伏し捕虜となったが、数人が帰順に反対し、包囲網を突破して日向山中に潜行した。

熊本協同隊は主幹崎村常雄が隊員に告諭し、その志を法廷に述べるために万国共通の「陣上慮《じんじょうりょ》」の道を選び、新撰旅団に全員投降した。

飫肥隊隊長小倉処平は和田越の戦いで重傷を負い、西郷の後を追うことが叶わず、長井村三足の高畑山の山中で割腹自殺した。それで飫肥隊も白旗をかかげて別働第二旅団に降伏することになったが、唯一人石川駿《はやし》が西郷と行動を共にし鹿児島へ向かうことになった。

竹田報国隊・中津隊その他の諸隊の大半もここで官軍に帰順した。

福島隊はその隊長が募兵参軍の坂田諸潔であったことが不運であった。彼の脅迫まがいの強制で出兵させられ高鍋までやってきて、敗色一色の中で細島平岩の山中に潜伏していたが、八月十六日の西郷の解兵布告を受けて、自主投降して官軍の取り調べ後、自宅謹慎を命ぜられ櫛間に帰還した。

降伏した熊本諸隊は武装解除され丸腰のまま官兵に護送され、熊田まで来ていた熊本鎮台の本営に拉致された。二昼夜にわたって糧食も医薬も与えられずに、炎天の下で道端に放置されていた。

党薩諸隊は各自出処進退を決め、残る薩軍は一旦は突出と決まったが、桐野の偵察で周囲が完全に包囲されているのが分かり、この地での決戦と変わった。しかし、寒村・長井は誇り高い薩摩隼人の終焉の地には相応しくないとの意見が噴出した。再び突出と決まったが、何処へ突出するか決まらず最終的には西郷の、

「まずこの可愛岳を突破して三田井（高千穂）まで山を越えて行き、そのうえで豊後に向かうか、鹿児島に帰るか、考える」

の一言で可愛岳突破に決まった。

その決断には、訣別の挨拶にきた竜口隊隊長の中津大四郎の姿に打たれた西郷の、口は出さぬが強い思いがあった。

「大四郎どんナ、まこッ潔《いさぎよ》か　私学校の二才《にせ》どんナよそで死なすわけにャいきもはん。鹿児島ン帰り申そ」

傷病兵を残留させることとし、各隊の強兵六百人（諸説あり）を選抜し、突囲隊を編成した。三隊に分かれ、辺見十郎太・河野主一郎が前衛を率い、西郷は桐野・村田とともに

自ら中軍の将となり、中島健彦が後衛となった。

残留傷病兵の中に、西郷の庶長子の菊次郎が含まれていた。十七歳になったときに薩軍に加わり、和田越の戦闘で銃弾を受け膝下を切断、桐野の計らいで俵野に残された。付き従っていた父の老僕の永田熊吉が、菊次郎を背負って、叔父西郷従道のもとへ投降し生き永らえることになった（菊次郎は後に京都市長など歴任）。

最後の最後まで西郷に随従することを願う精鋭が残った。殆どが私学校徒の二才《にせ》衆であったが、党薩隊では佐土原隊総裁・島津啓次郎、高鍋隊は隊長・秋月種事と坂田諸潔・坂田諸美らがいたが、中でも異彩を放っていたのが中津隊であった。隊長の増田宋太郎はじめ梅谷安良、後藤純平らの幹部十数名が残っていたが、隊員中に延岡兵が五名（坂本常経・佐伯演成・横田勇三郎・猪狩均・三宅三吾）含まれていた。中津隊に加わって鹿児島まで随従した経緯は不明であった。

十七日夜十時に、辺見・河野の前衛が地元の樵《きこり》を案内役にして出発、本隊がこれに続いた。俵野を出てすぐの南の屋根を攀《よ》じ登り砂礫《ざれ》ノ頭に取りつき、さらにノゾキと称する絶壁の下を難行し、ようやくこの日の暁前、可愛岳絶頂西方の中の越の鞍部で稜線に辿り着き、後続隊の到着を待った。西郷と足を怪我している別府晋介ならびに野村忍介は駕籠に乗っての可愛岳越えであった。

この間僅か一里半余りに六時間を費やす難行軍であった。可愛岳の地勢は二つに割った饅頭の形で、南から絶壁を攀じ登れば、北はなだらかな高原で屋敷平という。眼下の薄の原一帯に官軍の第一旅団と第二旅団が、天幕を張って俵野総攻撃に思いを馳せていた。

このとき、ようやく東の空が白み始めてきたが、薩軍はラッパを合図に、一斉に白刃を振るって敵陣に飛び込んで斬りに斬りまくった。不意を衝かれた官兵はなす術もなくただ右往左往するばかりで、全軍支離滅裂となって野津第一旅団司令官は一人の佐官とようやく身を脱して熊本鎮台の営に投じ、三好第二旅団司令官は二人の尉官とともに右翼哨線の前衛隊に逃げ込むことができた。

官軍が逃げ去ったので、薩軍は食糧・弾薬・大砲を手に入れることができ、幸先のよい突破行となった。

この日早暁、遥か西南方の可愛岳山頂あたりで、烈しく銃声が響くのを熊本の隊士が聞いていた。あとで、薩軍の残兵が西郷を擁して可愛岳を攀じ登り、山上の官軍を襲って全員脱出したと聞いて、熊本隊の同志たちはわずかに胸中快哉《かいさい》を叫んで敗残の身を慰めたといわれている。

和田越決戦場の近くに石版が置かれ、それには野口雨情の歌が刻まれていた。

「逢いはせなんだか　あの和田越で　薩摩なまりの　落人に」

実際、薩摩なまりの落人は官軍の追撃を交わしながらの逃避行となった。

一方、延岡において幕僚の報告で薩軍の可愛岳脱出を知った山県有朋参軍は、歯ぎしりしながら、各旅団の司令官に厳重な警戒と追跡捜査を命令した。斥候隊が九州全土に送られ、各旅団の必死の探索にもかかわらず、西郷らの進路は杳《よう》としてとらえることができなかった。

無様な結果となったが、山県の心の片隅に油断があったという事実が残されている。薩軍を可愛岳に追い込み、水も漏らさぬ重包囲でその運命も旦夕に迫っていた。それもあってのことか、凱旋の準備に取りかかって艦船の引き揚げの用意をしていた。山県一人ではなく海軍の川村参軍も同意していたというが、海軍は可愛岳の状況は分からないので、山県からもう大丈夫と言われ諒解したのであろう。

西南之役当時、軍団会計本部長として兵站補給関係を差配し、山県の分身として後方勤務に努めた田中光顕（土佐出身で後に宮内大臣・伯爵）の遺著『憂国遺言』の一節にそれを裏付ける文章がある。いずれにしろ、命懸けの薩軍とは違っていた。

それはさておき、西郷ら六百名が可愛岳越えを敢行した後の様子が書き記されている。それによると、官軍が斥候を放って探らせたところ、可愛岳および八水山の諸所では、賊の屍があちこちに転がり、刃を口に啣えて自死する者、絶谷に身を投げて死んだ者などがいたという。逃走途上でも、少なくない兵が自刃していたのである。

望郷百里

隠密裏に可愛岳の頂上を極め、油断していた官軍二旅団を屠《ほふ》った薩軍のその後の動静はどうであったか。残された資料をもとに後を辿ってみる（加治木常樹著『薩南血涙史』等）。

可愛岳の北面は遥か日豊国境まで連らなっている。八月十八日、薩軍はその屋根づたいに北へ十キロほどの和久塚へ潜行し、そこより西方向へ二キロほど下り、地蔵谷で一夜を明かした。翌十九日、祝子《ほうり》川岸に出て上流へと遡り、鹿川村で官軍の一部隊と遭遇しこれを撃破して上祝子の部落に侵入した。食糧がなく前夜より食事もできず、飢餓進軍に耐えていた兵士たちは、敵軍の糧食分配所を襲って空腹を充たすことができた。

太平洋戦争当時の日本軍将兵の敗残行も、このときの薩軍と同様であったか。

食糧と弾薬を掠奪したことで薩軍は精気を取り戻し、祖母山、傾山、鹿川峠の深山難所を踏み越え、攀《よ》じ登って、三日後の八月二十一日には岩戸村から三田井《みたい》へと突入した。三田井には官軍の運輸部出張所が開設されていて警備兵もいたが、薩軍の突入を予想だにせず、警備を怠り敵襲来に慌てて逃散したため、薩軍は再び多量の官金、食糧、弾薬などを入手することができた。尚、戦利品の糧米を三ケ所《さんがしょ》と馬見原《まみはら》に送ったのは、薩軍の進路を官軍に察知されないための方略であった。

この夜幹部たちは九州山脈の中央部を突破して鹿児島に帰る意図を発表した。夢にまでみた郷里鹿児島の地を再び踏むことができるのか、再び城山から錦江湾を隔てて桜島を仰ぎ見得るのかと思うと、私学校の二才兵児《にせへこ》たちの心は歓喜で燃え上がっていた。

翌八月二十二日午前一時、薩軍の前・中軍が三田井を出発して数里進んだころ、後軍がまさに出発しようとしていたとき、官軍が来襲し道路を梗塞したため、後軍は進むことができなくなった。それで急遽、樵路《きこりみち》を探し求め、漸くにして中軍に追いつくことができた。

八月二十三日、薩軍の前軍が七ツ山の本村に到達したとき、官兵が堡塁を築き守備に就こうとしていたのを発見しこれを撃退した。官兵は国境を越え肥後へと逃げ去っていった。

薩軍の前軍は同二十四日、七ツ山を発し神門《みかど》に達した。しかし、官兵が堡塁を築き、立て籠もって抗戦したので容易には陥落しなかった。それもあって、後軍の到着を待って攻撃開始と決定し、これに備えて銀鏡《しろみ》へ向かうことにした。

八月二十五日、夜明けとともに銀鏡へ向かって進軍した。銀鏡では官軍約一中隊が守備に就いていたが、前軍が八名を撃ち倒すと、残余の兵は逃走した。全軍がこの場所で宿営することとなった。翌二十六日は台風で、樹木や家屋が倒壊し進路を塞いだ。それを衝いて進軍し村所《むらしょ》に至り、児玉方に一泊した。二十七日、台風の通過を待って村所を出発し、国境を越え、肥後上椈木《かみつきぎ》に入って宿営となった。

八月二十八日、上椈木を出立、再び国境を越えて須木《すき》に至り兵を休ませることにした。ここで菊池氏の旧臣児玉愛平らの案内で堂屋敷に着いた。これは米良《めら》の区長（旧領主）の菊池則忠の配慮で、薩軍を小林に通じる須木村の堂屋敷へ案内させたのである。そこで薩軍は探偵を出して、鹿児島の状況を探らせることにした。

その間、前軍は進軍して旧薩摩領の小林に到着、間髪を入れずに薩軍は戸長役場に突入し、巡査三名と政府軍連絡員一名、兵卒および軍夫三十名を逮捕した。半年ぶりに故郷に帰った気分に浸った。翌二十九日早朝、真幸谷に侵入、戸長役場、警察署等を襲って県庁派遣者と巡査を逮捕し本営に連行。この日、小林を出発して馬関田《まかんだ》に達した。

翌三十日、馬関田を発って吉松から東目《ひがしめ》街道を南下して、横川に入る予定にしていた。だが、横川に官軍の第二旅団が本営をおいていたので、ここを避け東側の牧園へ入って、牧園を守っていた官軍を敗走させ、蒲生に至った。

九月一日早朝、薩軍は河野主一郎率いる中軍が吉野郷で官軍と交戦中に、前軍が辺見の叱咤の下、鹿児島市内へと突入した。これを迎えた士民は喜色満面に溢れ、官軍が私学校と米倉に屯集していると告げた。午前十一時、前軍は私学校を占拠する官軍の中へとまっしぐらに突入し、敵を蹴散らしこれを占拠した。後軍も甲突川から伊敷、原良《はらら》へ突入し城山へ到着したが、可愛岳を出発してより十五日目、九州山脈伝いの百里を走破して、城下の人々の喜び迎える中を故郷に戻ってきた者は、僅か三百七十二名に過ぎなかった。

鹿児島帰着の翌九月二日、西郷は市内より城山へ移り本営を設けた。「西郷帰る」の報が駆け巡り、市中は湧き上がった。有志たちは官軍の隠匿した弾薬や食料を探し出して、城山へ運び込む有様《ありさま》であった。薩軍帰還の報に負傷、病気などで帰郷し、市内に潜伏していた薩軍将士が、城山に駆け付けてきた。総員五百名近くになったので、城山を中心に私学校、旧城、照国神社、岩崎口など周辺の要所に堡塁を築き、防衛線を構築することにした。

一方、市内各所に屯営していた警視隊は、薩軍の不意の突入に対応すべく、本部の置かれている県庁前の米倉に集結して立て籠もった。ここは旧藩以来の藩米の倉庫で、頑強な建物で、尚且つ城山の目と鼻の先にある。

薩軍は防衛上の障害となっているこの米倉を奪取しようと、数次にわたって攻撃を仕掛けたが、都度、撃退され陥落しなかった。そして、九月四日夜半、貴島清を隊長とする六、七十余名の斬込隊で夜襲をかけたが、貴島はじめ監軍・北郷万兵衛などの勇将以下、三十余名が戦死し大半が負傷するという大損害を被った。

中津隊十数名もこの斬込隊に属して突撃したが、隊長増田宋太郎が討死し、増田に従った延岡兵・猪狩均、坂本常経、三宅三吾の三人も負傷し薩軍病院で手当てを受けることとなった。三人は城山陥落の日、谷山警察署に自首して出た。重傷の猪狩は陸軍病院内で死亡し、治療の後放免された三宅と坂本は、その遺骨を抱いて延岡に帰郷した。

米倉斬り込みの翌日の五日ごろより、官軍の各旅団が鹿児島周辺に集結し、城山を完全に包囲してしまった。

官軍に対抗するかのように、薩軍も県内各郷へ募兵の呼びかけを行っていたが、状況は厳しくなるばかりであった。本営附きの深見有常は、以前から阿久根長島の間にあって募兵のことに奔走していた。しかし、状況の悪化によって潜伏せざるを得なくなっていたが、西郷から募兵要請の書簡を受け取るや、長島村戸長に示し兵を募集して出兵の準備をしていた。薩軍の劣勢を知って尻込みする者もあって出発を遅らせていたが、城山への参陣を望む十名を率いて高江郷に渡り鹿児島に赴かんとしたところ、道路を封鎖されていたため、やむなく阿久根郷に潜伏。後に逮捕された。

その一方、深見の勧誘で薩軍に加わった甑島《こしきじま》の士族もいた。戸長や副戸長も賛同し、積極的に出兵の後押しをしていた。薩軍の指示どおり、巡査の逮捕と、鹿児島への出兵のため渡航などを企てたが、官軍に阻まれこれを断念するしかなかった。戦役後、その多くが懲役刑となって服役した。

また、振武附属隊監軍の小倉啓介は鹿児島に潜伏していたが、薩軍が鹿児島に侵入するとの報に同志を募って桐野に会いにいったが、薩軍の連敗は弾薬の欠乏との説明に納得して、甑島に船で向かい兵を募り長崎に突入して弾薬運輸の道筋を建てようと計画、実行に移すべく市来浦で甑島への船を待っていたが、官軍にそれを知られ逮捕された。

小倉の募兵に応じた日置郷や薩摩川内の士族もいた。いずれも鹿児島に到達し得ず帰宅後、捕縛された者たちであった。西郷も川内方面や甑島で兵士募集の可能性があると聞くや、深見に速やかに募集に応じた兵士たちを、引率して来援するように求める書簡を与えている。それらが甑島での士族たちの動きに繋がったのである。

正義六番中隊長肥後壮之助の場合は、募兵にほぼ成功していただけに憤懣やる方なかった。肥後は九月五日、桐野利秋・池上四郎・高城七之丞より募兵のため帰郷せよと命ぜられ、その郷里川邊郷に帰り、兵士百五、六十名、土工夫五十名を募集し、七日に隊を編成し押伍《おうご》三名を選んで先発させていた。

肥後はなお留まり仕官となるべき者を募っていたが、先発の兵が谷山野々頭に至るも、官軍が侵入して道路を塞いでいたので、先発隊は城山に達することができなかった。募兵に応じた兵士たちは日置、川内、甑島の士族と同じく罰に服することとなった。

斯《か》くして、薩軍の各郷への募兵の呼びかけは功を奏さず、応募者は各地で逮捕され、官軍の包囲網を突破して城山に到着できた者は五日以後、ほとんどいなかった。

城山包囲網が水も漏らさぬ状況に近づく一方で、薩軍の窮迫は隠しようもなくなっていた。外部との連絡は途絶え、城山の一部地域に押し込められていた。そこへ包囲の官軍諸隊が毎日砲弾を撃ち込んできた。堪《たま》り兼ねた薩軍本営は九月六日から岩崎谷の民家裏の崖下に洞窟を掘って隠れ潜んだ。この洞窟での生活は城山陥落まで続く。

しかし、あまりの無計画な大砲の乱射に、官軍側も砲発の連絡・調整をすることになった。この戦いを通しての政府軍の戦費は、当時の国家予算の七割強に匹敵する金額を費消した、といわれているから驚きである。金も軍備にも事欠く薩軍相手に、この為体《ていたらく》であった。本当に優秀な軍人の多くが薩軍にいたうえに、派閥主義で幕府方であった優秀な軍人を冷遇するなど、戦いが長引いたのも当然であったかもしれない。それがその後の日本軍にも繋がっていたか。

太平洋戦争での無条件降伏で、明治維新の遺産というべきものは消滅の憂き目となった。西南之役当時の政府軍が日本軍を徹底的に打ち負かしたアメリカ軍で、ぼろぼろになっても戦いを辞めなかった薩軍が日本軍ではなかったかという思いを捨てきれない。その後の政府軍に進歩がなかったということか。

だいぶ横道に逸《そ》れてしまったが、本題に戻ることにする。

募兵も上手く行かず、圧倒的な戦力差のまえには如何ともし難くなった。そのころから薩軍の幹部たちから和平への動きが出てくる。総帥西郷の助命の嘆願であった。誰もが否定し得ない明治維新の元勲西郷だけは、国家の柱石として死なすわけにはいかない、という考えであった。彼らに西郷を盟主に祭り上げ、引くに引けない立場に追い込んだという自責の念がなかったとはいえないからだ。

その思いを持っていたのが砲隊半隊長の讃良《さわら》清蔵であった。熊本において負傷し治療のため潜伏していたが、薩軍が入城すると率先して城山に入り、西郷と接しその思いをより一層強くしていた。彼は国家の将来を慨嘆《がいたん》すること頻りで、西郷が死ねば国家も衰退に向かうとして、助命の方策を探していたのだ。

そして、野村忍介・中島健彦・辺見十郎太を前にして、

「今や我が軍この窮極に至り危急旦夕に迫る。この時に当たり吾人幾百千の生命は些かも惜しむに足らずといえども独《ひと》り西郷先生の一死は実に国家の盛衰に関す。因《よ》って吾人一同屠腹《とふく》し以《もっ》て先生を救い国家百年の大計を為さんは如何」

と述べ諸将みなこれに賛成した。

だが、福島隊の隊長で日向募兵参軍の坂田諸潔は、かつて宮崎から上京して闕下《けっか》（朝廷）に建言する心算《つもり》であったが、これを聞いた桐野利秋から無駄な企てと説得され、断念したことがあった。それでその役目を買って出て、元評論新聞の記者で薩軍側の従軍記者となっていた山田亮次に意見書を書かせ諸将会議に提出した。そして諸将を本営に招集して西郷に意見を述べたのである。

それに対し西郷は、

「開戦以来死んだ者はどれほどか」

と言い、それ以外は何も言わなかった。

他所で聞き知った桐野が遅れて現れ、

「いまとなって未練がましい意見書を書いた者があったと聞く、それは誰か」

と万座を睨《にら》みつけて言った。

諸将黙して言葉を発する者もいなかったが、

「わたくしの意見です」

山田が進み出て言った。

「貴公か」

桐野はそう言ったきり口を噤《つぐ》み、それで坂田の企ても沙汰止みとなった。

尚も坂田は志を遂げようと動いていたが、桐野が守塁を巡察していたときに出会って進言に及んだが、

「今日に至って卑怯の行動があってはならない。身を忘れて義に殉ずべきのみ」

桐野のその言葉を聞き、坂田の志が遂げられることはなくなった。

次に負傷して入院していた辺見が河野と相談し、二十日夜の会議で再び助命論を持ち出した。西郷軍に戦闘力のないことは分かっていたので、桐野を除き諸将は全員賛成した。

河野が会って懸命に説得したが西郷は、

「うん　うーん」

というばかりで、あとは何も言わなかった。

その後も河野の説得が続けられ西郷も、

「唯子《し》の意に任せられよ」

とついに承諾する。西郷にも皆の気持ちは痛いほど分かっていた。

帰ってきた河野が各隊長に西郷同意を説明すると、山野田一輔が使者として同行すると言い出し、河野も承諾したが、西郷の同意を取り付けることにした。

翌二十一日朝、河野は本営へ行き西郷に謁《えつ》し同行者の可否を問うたが、

「子《し》の選定に任すが、同行者は寡《か》が良い」

との返答であった。

ここにおいて河野は西郷に多年の教育の恩を謝し、別れを告げて去った。

この日午後、河野は岩崎の営を出て、二の丸山野田の営に行き、後飯をともにし沐浴して山野田と敵地へ向かった。

山野田は使節の一人に決するや、旧友らと会して訣別を告げ和歌を詠した。

くだけても心の玉は千萬《ちよろづ》の後の世までも照り透《とう》らめや

その歌より推量するに、山野田はその曲直を弁難して法庭（法廷）に死ぬ決心であった。斯《か》くして河野・山野田は午後一時ごろ、白旗を持って若宮小路の敵塁に向かい、別働第一旅団の堡塁に至った。二人は降人ではなく軍使であると主張し、川村参軍との面謁《めんえつ》を申し入れたが、官軍側は降人扱いし、監視付きの拘留処分となった。

一方、河野・山野田が軍使となって官軍方へ向かったころ、西郷は自ら檄文を書き、各隊長を集めて最後の決心を示した。その内容は以下のとおりである。

「今般河野主一郎、山野田一輔の両士を敵陣に遣わし候義全く味方の決死を知らしめ且つ義挙の主意を以て大義名分を貫徹し法庭に於て死するの賦《つもり》に候間今一層奮発し後世に恥辱を残さざる様此の時と明らめ此城を枕として決戦致さるべき儀肝要之事に候也

九月二十二日

西郷吉之助

各隊　御中」

西郷の覚悟はすでに決まっていたのだ。

二人は二十三日に軍団本営において川村参軍と面謁し、

「西郷に言い分があるなら、彼自身でやってくるべきである。但し、明二十四日午前四時より総攻撃を開始するから、本日の午後五時までに、来るか来ないか回答されたい」

という返事であった。

山野田一人がこの返答と山県参軍より西郷宛ての書簡を託されて帰陣した。

山野田が復命すると、

「回答するには及びもはん」

と西郷は一言告げたのみであったが、これで決死の議に決したのである。

このとき別府は、こう言ったという。

「明日のこと愉快言うべからず吾人斃《たお》るる迄は奮戦すべし」

彼の意気頗《すこぶ》る軒昂《けんこう》であった。

また、「辺見の風姿猛獅の如く、人をして其勇壮を欣慕せしめたり」と世間に流布された。

将士は最後の夜を、それぞれに過ごした。慷慨悲壮の詩歌を朗吟する者がいて、深夜に至るまで、薩摩琵琶の歌を謳い壮快に夜を過ごした者もいた。

終章

九月二十四日午前三時五十五分、官軍攻撃の号砲三発が鳴り響くと、各旅団一斉に攻撃を開始した。薩軍にあっては期するところはあったが衆寡敵せず、まず夏陰口《なつかげくち》が敗れ次いで新照院越も敗れた。それから城山の藤井隊が善戦するも四十分ほどで敗れ、市来隊、園田隊も山頂の塁に拠って防戦していたが一時間余で敗北、薩軍の堡塁悉く敗れ岩崎口の一塁を残すのみとなった。

官軍は岩崎谷の山上を占領し、三面より砲撃を谷中に集中した。そのときになって、真新しい下帯に着替えていた西郷、桐野、村田、池上、別府、辺見、桂らをはじめとした四十余の将士は、洞窟前に整列し岩崎口に向かって進んだ。桐野らは岩崎口に到達し、西郷は桂、別府、辺見らとともに進んでいたが、降り注ぐ弾丸は霰《あられ》の如く、桂久武忽《たちま》ち流れ弾にあたって斃《たお》れた。その後も弾丸は容赦なく降り注ぎ斃れる者が続いた。

別府と辺見は西郷の前後に随《したが》っていたが、辺見は勢い急なるを見て西郷に、

「最早此処にて」

と尋ねるも、

「まだまだ、本道に出て従容《しょうよう》として斃れんのみ」

また行くこと百メートル、四面より集中する弾雨は増々激しくなった。

辺見は再び西郷に決断を迫ったが西郷は、

「まだまだ」

ついに島津応吉邸の門前に至ると、山上からの流れ弾が西郷の肩より腿《もも》を貫いた。

西郷は別府を顧みて、

「晋殿、晋殿、もはや此処《ここ》でよかろう」

西郷は徐《おもむろ》に正座して襟を正して、遥かに東天に拝礼した。これは禁闕《きんけつ》に向けて一片の衷情を表したものか。

このとき、別府はなお負傷中であったため、従卒に輿を担わしていたが、西郷のその一言を聞き、直ちに輿を降りて起ってその首を斬った。そして、西郷の従僕吉左衛門に密かに命じて、首を折田邸と大迫邸の中間の竹藪の中に埋めさせた。

別府は岩崎谷の堡塁に達するや、

「先生すでに死せり」

と叫んだ。

傍らにいた一将（中島健彦と伝わる）が、

「首級は如何」

と尋ねると別府が応えた。

「これを隠匿した」

一同それを聞いて安堵し各々奮戦した。

桐野、村田らは谷口東の堡塁へと進んだが、官軍将兵は周囲に溢れ、銃撃と突撃を繰り返した。桐野、池上、辺見も銃を撃ちまくり、斬りまくった。

桐野は一発撃つごとに大声をあげて怒鳴り、皆を励ましていたが、銃弾が右頬に当たり鮮血がほとばしった。それでもひるまず、堡塁になだれ込む敵兵と斬り結んでいたがついに息を断った。別府、辺見、村田、池上、蒲生らも堡塁内に折り重なるように斃《たお》れ伏した。

山野田は白布を以て鉢巻とし奮闘したが、流れ弾に当たり身動きが不自由になったため敵に惨殺される前に自ら腹を屠《ほふ》った。西郷助命を真っ先に提案した讃良清蔵も戦死した。

ここに一塁三十九人、悉く斃れたのが午前七時を過ぎたころであった。銃声が途絶えると官軍兵士が周囲から這い出てきて、倒れ伏す死傷者の上に木材や土塊を投げつけ、銃剣でこれを乱刺した。戦いが終わると一陣の風雨がにわかに起こり、雷鳴が天地を震撼させ、城山の鮮血を洗い流した。

午後一時になって岩崎口塁内の死屍を発掘し、これを浄光明寺に埋葬。辺見、蒲生の二人は、死後顔色が些かも変ずる所がなく、官軍もこれを歎称して今張飛（三国志の武将）と呼んだという。薩軍のこの日の死者は百五十七名であった。佐土原隊総裁の島津啓次郎と高鍋隊隊長の秋月種事もこの中に含まれていた。

城山には重傷者を収容していた永田病院があり、重創患者十七名が収容されていて、陥落の前夜より病院の白旗を掲げていた。二十四日朝、新撰旅団の兵が突入し悉く虐殺し、病院に火を放って焼棄した。そのとき、負傷者は一言も発せず皆従容《しょうよう》として死に就いたと伝わる。簑田病院は四十余人の病傷者がいたが、逃げ出した一人を除いて皆助命された。

城山に立て籠もった西郷をはじめとする薩軍将士が、戦死あるいは投降したことで西南之役は終わったが、この戦いで大きな役割を担っていた一人の人物の行方が不明であった。薩軍と行動をともにした熊本隊を率いて奮戦し、隊員たちを鼓舞して大いに官軍を悩ました、熊本隊大隊長の池辺吉十郎である。

池辺は八月二日の日向佐土原での一ッ瀬川合戦以来、行方を断っていたが、実は薩摩に潜伏していたのである。本人の「口供書」によれば十月十六日に捕縛されたとあるから、二か月半余り潜伏していたことになる。しかし、警察の入念な探索により居所を突き止められ、警官に踏み込まれての捕縛であった。警視庁警部倉内末盛（薩摩出身）に逮捕された。そのときの池辺は泰然自若として縛に就いたという。

挙兵のときから覚悟は決まっていて、生き永らえる心算《つもり》などあろうはずはなかったのだから当然である。心残りがあったとすれば、奸臣《かんしん》を取り除き城山で西郷とともに最後の突撃で戦死できなかったことであったか。いまは知る由もない。

池辺吉十郎の捕縛をもって、薩軍と党薩隊の主な人物の摘発は完了した。日向延岡、和田越の激戦で敗れ、その後の西郷による薩軍の解兵布告で投降した戦士たちは、官軍の監視下に置かれた。判事の罪状認定を待つ身となった。幹部と一般隊員の扱いには明白な違いがあった。一般隊員たちは放免処分とされたことがほとんどであったが、幹部たちと軍事世話方、正副区長などの首謀者たちはそうはいかず、監獄送致となって拘禁《こうきん》されることとなった。

政府は長崎に九州臨時裁判所を開設し、九州一円の監獄に判事を派遣し、西南之役関係の国事犯を取り調べの上で、裁判によって処罰したが、量刑については基準があった。裁判所とはいえ、征討総督府の下に設けられた組織で、政府反逆者を処罰するのが目的であり、勝者が敗者を裁くものであるから、実態はまさに「勝てば官軍、負ければ賊軍」そのものであったのは論を待たない。

(1) 首謀者および参謀　死刑
(2) 大隊長および大隊監軍　除族の上懲役十年
(3) 中隊長および中隊監軍　除族の上懲役五年
(4) 小隊長および小隊監軍　除族の上懲役三年
(5) 半隊長　除族の上懲役二年
(6) 分隊長　除族の上懲役一年
(7) 大小荷駄　除族の上懲役二年
(8) 押伍(什長)伍長　自宅謹慎後、免罪
給養(輜重兵)・一般兵士　同右

県庁職員、区・戸長、薩軍の補助者、協力者も罪状により、基準に照らして処罰された。

逮捕後、長崎の九州臨時裁判所へ護送された池辺は、裁判長河野敏鎌の判決で十月二十六日斬罪を申し渡され、同時に判決を受けた副大隊長松浦新吉郎、参謀桜田惣四郎、同大里八郎と共に斬首刑の執行を受け、長崎西坂の刑場の露と消えた。

池辺の遺骸は熊本県出身の佐藤龍蔵代言人（今の弁護士）が貰い受け、長崎の新橋町延命寺に葬ったと伝わる。それから四年後の明治十四（一八八一）年、吉十郎の長男吉太郎（後の朝日新聞主筆池辺三山）が遺骨を引き取り、熊本県玉名郡横島の自宅裏山の墳墓に納めた。

池辺は裁判所の「口供書」の中で、熊本隊の挙兵理由を以下のとおり述べている。

「篤《とく》と考うるに一旦西郷が事を挙ぐる時は奸臣《かんしん》を斃《たお》し、其目的を達するは必然なるべしと雖《いえども》、此際（我が旧熊本藩士が）空しく傍観するときは、西郷が志を得るの後に於て仮令権を専にする有るも、毫《いささか》も喙を挿むの余地なかるべし。彼が名義とする処のものは未だ安《いづ》くにあるやを詳にせずと雖、奸臣を除くは同一致なるを以て先づ彼と力をあわせ事成るの後に至り、彼仮に専横の事あるとも、我これを矯正する亦難きに非ざるべし。素志を達するは此時にあり。時を失ふ可からずと心密に之を決し」

熊本隊が薩軍に協力して兵を挙げたのは、決して彼らの言い分に全面的に賛成したからではない。また、西郷に心酔していたからでもないが、奸臣を除くにおいては同じ目的であるから、西郷と力をあわせて事を成さねばならぬ。時期を失っては言うことも言えぬようになるので決起したというのである。

熊本隊の大隊長・副大隊長・参謀で斬罪となった四人の他に、もう一人斬罪となったのが友成正雄であった。八月十七日長井村で降伏後に武装解除され、戦傷の同志数十人とともに延岡の官軍病院に収容された。そこで隊長の山崎定平は和田越で被った銃傷が悪化して世を去った。友成、佐々、竹内三人の戦傷も重く生死の境にあったが、官軍軍医の敵味方を隔てぬ、医治と洋式医術によって命を取り留めることができた。

九月になって九州臨時裁判所の出張法廷が病院内に開設され、院内に収容された国事犯の糾明がなされることとなった。取り調べの上判決が下り、参謀以上の首魁は斬首、隊長は一年以上十年の懲役、一般兵士は免罪という申し渡しであった。

友成は訊問に際し病床より声を励まして「自分は熊本隊参謀である」と答えた。判事は若年ながら参謀の重責を負うのを不審に思ってか、繰り返し三度問い質したが、友成は前言を翻さなかったので、止むを得ず斬首の刑を申し渡した。

そして九月三十日未明、五ヶ瀬川に架かる船倉一本橋の袂で処刑の座につき、自作の詩を三度吟じ、その二十七年の生涯を閉じた。

もう二名、貴重な史料を残した熊本隊隊士がいた。中隊長として戦陣を駆け抜け奮戦した佐々友房と、獄中にあって仲間から紙を譲り受け、六か月にわたった戦いの記録を書き残して死んでいった軍監古閑俊雄である。佐々は懲役十年、古閑は懲役五年の刑に処されたが、いずれも『戦袍日記』という書名の陣中記を後世の我々に残していった。

開戦の熊本城攻撃から和田越の戦い、そして薩軍の解散宣言まで常に薩軍と行動をともにし、やることはやって斬罪となった熊本隊の諸士に比べ、薩軍関係者で斬罪となった者は、現世に何かをやり残してきたという思いを引きずってはいなかったか。

まず、隊員たちを振り回した福島隊の総裁坂田諸潔についてだが、高鍋藩士の坂田は西郷たちとともに可愛岳越えに加わり、城山まで辿り着いたのはよかったが、官軍に捕まるという失態を演じてしまった。配下の隊士から忌み嫌われ、桐野に任命された日向募兵参軍で辣腕を振るい、日向の民衆からも恐れられる存在であった坂田を待っていたのは、もっとも厳しい刑罰である斬罪であった。

戊辰戦争のころから親しかった桐野たちのように、思い残すことなく突撃して戦死したのではなく、縄目の恥を受けたうえに、刑場に引き出され罪人として首を打ち落とされるという最期であった。

他の募兵参軍の鮫島元や横山直左衛門も、捕縛の身となって裁判所に引っ張り出されての斬罪宣告であった。捕まれば役割から判断して、重い刑罰を課されることは分かっていたはずだが捕まっている。だが、相手は厄介者の士族を潰そうとして、戦争を仕掛けてきたのである。捕まっても許されると踏んでいたとは思えないが、腹を切る余裕すらなかったのなら、気の毒としか言いようがない。

鹿児島県令であった大山綱良の場合は、置県を恨んでいた島津久光が西郷に加担するのを恐れていた政府が、久光説得のため勅使柳原前光を送り込んできたとき、その対応のため軍艦に乗り込んだのが運の尽きであった。そのまま勅使一行に随行するように指示され、連れ廻された挙句《あげく》に西郷への加担の咎《とが》で、長崎の九州臨時裁判所で斬罪に処せられてしまった。頻繁に大久保へ鹿児島の状況を報告していて、大久保に信頼されていると誤解したことが身の破滅であった。最後は見捨てられた。

彼らとは対照的なのが、城山の戦いまで生き延びた、中津隊の参謀後藤純平であろう。首魁増田宋太郎の同志で新政府反対の急先鋒である梅谷安良に見込まれ、増田に引き合わされ意気投合して同志となった。平民出の後藤にはその六年前に、農民一揆を主導して懲役十年の刑を受けていたという経歴があった。士族出も及ばぬ一揆での活躍と、西郷贔屓で何とか西郷を助けたい、との念願を持っていたことを確認したうえでの勧誘であった。

郷里に老齢の祖父がいて家に扶養する者がなかったので、入獄以来三年が過ぎた明治六（一八七三）年に収贖《しゅうしょく》金を納めて出獄することができたが、後藤は欧米の事情に通じることの必要を知って、翻訳本などにより刑律の学の知識習得に努め、日夜勉学に励み代言人となった。そして、中津で代言の業に従事していたが、評判がよく家業は繁盛していた。しかし、彼は常に国事に関心を持ち、時事を論じ、国政を批判することしばしばであった。そこに増田はじめ新政府反対の人々との出会いの必然性があった。

増田が力量を認めて参謀役としたが、中津生まれでない上に、平民出である後藤が参謀を務めることに隊員が不満を持ち、指示に従わぬことがあった。それもあって、後藤は中津隊を離れて西郷軍に所属していたが、五月中旬になって再び中津隊に加わっている。

西郷とともに城山入りした中津隊は、増田宋太郎、矢田宏、梅谷安良、岡本真阪（宋太郎の実弟）、島田喜十郎、太田長市、そして後藤純平の七人であった。その七人も九月四日の米倉襲撃戦で増田と梅谷が戦死し、岡本が自刃していた。襲撃に加わった抜刀隊六、七十人のうち、二十七人が死亡し、残りも全員負傷しているので、後藤も負傷していたであろう。

城山の戦いで薩軍の戦死者は百五十七人に及び、中津隊の生き残りは後藤純平と矢田宏だけとなっていた。二人とも官軍に捕らわれ長崎に送られる。十月二十二日に刑の申し渡しがあり、斬罪者二十二人の中に後藤純平の名があった。その判決文には農民一揆を主導して懲役十年の刑を受け、養親のために収贖免役の身であったことも併記されていた。大分県では竹田で報国隊を結成した堀田政一も斬罪となった。後藤が中津隊に誘った別府の矢田宏は懲役二年の刑を受け、東京の市ヶ谷監獄に送られた。

中津隊参謀であったのが後藤の不運であったが、量刑の基準に首魁と参謀は死刑とあるので、そこに農民一揆の主導者としての罪状が加味されての斬罪とは言えない。あくまでも参謀であったのが斬罪となった理由であろう。

後藤が残した辞世の歌がある。

　呉竹の世を空しくも過ごすかな人に知らるゝ節もなくして
　かかりけるうき世の雲はれゆきて今はの空にすめる月影

遺骸は近くの延命寺に仮埋葬された後、塩漬けにされて大分に運ばれたと伝えられている。時に二十八歳であった。

その他の党薩隊関係者はどうなったか。宮崎支庁長であった延岡藩の藁谷英孝は開戦当初、大山県令からの指令を受け、支庁長の立場として延岡士族の出兵に積極的であった。西郷が朝敵となってからは掌を返して反対派となったが、刑罰としては斬罪に継ぐ重い懲役十年であった。だが、桐野が西郷札を発行した際には、日向地域の経済が混乱すると反対した硬骨漢であった。

同藩実働部隊の大嶋景保隊長は懲役三年、大区長の塚本長民と軍事世話方では大嶋味膳を筆頭に五名ほどが懲役三年となったが、高齢者が多く厳しい入獄生活となった。

飫肥藩では主戦派の小倉処平が自刃し、処平の兄で支庁詰中属の長倉訒と飫肥隊総裁の伊東直記と同隊指揮長川崎新五郎の二人が、懲役刑で二番目に重い懲役七年の刑に処されている。開戦の速報を早馬で齎《もたら》し城山で最後まで戦った石川駿《はやし》は懲役五年、石川と同じく奇兵隊の中隊長となって和田越で降伏した米良一穂と守永守は、ともに懲役五年であったが、守永は戦闘中の古傷が悪化し服役中獄死した。

高鍋隊では前述のように隊統率の秋月種事が城山で戦死、世話係で隊の編成に積極的に預かった武藤東四郎が懲役五年、弾薬製造を担った石井卓巳も懲役五年であった。武藤は高鍋隊編成に反対する藩重臣を、蔵に閉じ込めるという思い切った行動に出ているが、戊辰戦争での西郷の高鍋藩士に対する配慮への感謝があったと推量せざるを得ない。それで西郷贔屓となったか。

佐土原隊は総裁の島津啓次郎が西郷に殉じて城山で戦死、小隊長の村田正宜が戦傷死し、啓次郎の補佐役を務めていた小牧秀発が懲役三年であった。

総裁の坂田が斬罪となった福島隊では参謀の山下謙蔵が懲役五年、小隊長の日高義正が同じく懲役五年であったが獄中死している。一説によると山下謙蔵は情状酌量で無罪、その他の参戦者の全員も懲役三年のところを、情状酌量によって無罪とされたという（吉松卓蔵戦闘日記）。


七か月に及んだ戦乱も、九月二十四日政府軍の総攻撃で城山が陥落、西郷の死によって幕を閉じた。政府軍の戦傷者一万八千七百四十六人（戦死者は六千八百五十八人）、薩軍は約一万五千人（戦死者は約七千人）で両軍合わせて三万四千人に及ぶ犠牲者（『西南戦争戦袍日記写真集』参照）を出してようやく終結した。

政府にとって西南之役の鎮圧は、不平士族に武力行使の無意味さと、政府の強大な軍事力を示すのに十分であった。また、独立国の観さえあった鹿児島を捻じ伏せたことで士族暴動の危険は去り、木戸孝充亡き後の実権は大久保利通の手に移ることになった。

しかし、西南之役の終結は国民にとって大きな意味があった。期待感の挫折と喪失感である。期待感が西郷の人望でもあったが、その西郷を失った国民の痛手は容易には収まらなかった。西郷軍が天下を取ったとしても、今の明治政府に代わる新政府が何をなし得るだろうか。誰にも予測できる確証はなかったが、ただひたすら、大久保・岩倉具視主導の強権政治の終わりを待ち望み、それができるのは西郷しかいなかったのだ。その期待の西郷はもういない。

大久保は宿敵を葬り去るために、ここぞとばかりに最大動員兵力六万人と、国家予算の約七割に及ぶ大金を注ぎ込み、資金が百万円（そのうち十四万円余が西郷札）ほどの西郷と薩摩士族を完膚なきまでに叩き潰した。暴走する大久保を後押ししたのが、西郷の復権を恐れる大久保の盟友岩倉と長州の伊藤博文や井上馨たちであった。西郷に恩義がある山県有朋は微妙な立場にあったので、沈黙を維持するしかなかったであろう。

だが、勝利の余韻に浸っている余裕などなかった。西南之役征討費の整理の苦難《つけ》が、政府の目前に迫っていたからである。征討費総理事務局長官に任ぜられることになる大隈重信の両肩に、千五百万円の借金と正貨準備のない新紙幣二千七百万円の、合計四千二百万円の処分が残された。自信家の大隈の性格を知った上での任命であったが、彼の自尊心を擽《くすぐ》れば受けると踏んでの勧誘であった。

年予算の七割にも及ぶ借金の始末を、直接戦役に関わっていない大隈に押し付け、後は任せるので宜しくとばかりの大久保であった。莫大な戦費による借金の解消は、その後長き年月にわたって続き、薩摩出身の松方正義大蔵卿の手腕に委ねられることとなった。

その一方で、西南之役で被った莫大な損失（巨額の軍事費と焦土と化した農山村の疲弊）の回復のためにも、岩倉使節団に参加し欧米を廻ったときに構想が纏まっていた、殖産興業策の推進による近代日本の建設に向かって突き進む覚悟を大久保は固めていた。

戦役で薩摩側が一気に人材を失ったことで、長州閥台頭の方向へ事態は進んでいく。薩長から長薩への転換であったが、これには西郷に代わって政権の中枢に据わることになった大久保の、鹿児島ならびに日本全国での不人気が関係していた。

大久保の地元での不人気はよく知れている。もともと彼の人気・人望は西郷とは比較にならぬほど劣っていて、それが西郷の死後になって一段と低下する。西郷の暗殺計画に大久保が関わり、それが西南之役の勃発に繋がったと広く信じられていたからである。それ故に大久保は後継者に、長州出身の伊藤を指名するしかなかったのだ。それは明治九（一八七六）年の西南之役前のことで、このように彼は鹿児島では身の置き所さえなかった。

内戦の勝利で大久保利通の地位はより強固となり、彼の強権政治はその度を強めるばかりであった。福沢諭吉は反対党を許さない大久保政権を、彼の近代思想の立場から憎悪した。その意味で、強権政権に立ち向かった西郷と私学校党が引き起こした西南之役を大きく評価し、その中に増田以下の中津士族がいたことに何よりも満足していたという。

その一方で征討軍が東京に凱旋したとき、東京上野で殖産興業を象徴する内国勧業博覧会が開かれていた。まさに大久保利通の得意絶頂のときであった。

戦役終焉から八か月後の明治十一（一八七八）年五月十四日の午前八時過ぎ、馬車で登庁中の大久保内務卿は、東京紀尾井坂で石川県士族の島田一郎ら六人に襲われ、約五十か所にのぼる刀傷で絶命した。享年四十九であった。

島田らは建白書を持って自首し、その建白書には西郷の征韓論を潰し、西南之役で西郷を死なせたのは大久保であり、三条実美、岩倉具視、伊藤博文、黒田清隆、川路利良らも奸臣であるという斬奸状を所持していた。島田らは判決で除族の上、同年七月二十七日に斬首の刑に処せられた。その四か月後、大久保の愛妾が利賢という男子を出生していた。

大久保内務卿の死の翌年の十月十三日に、大久保の腹心の部下であった川路利良大警視が四十五歳で世を去った。明治十二（一八七九）年一月に海外視察に出発したが、船中で発病しフランスに到着後も治癒せず、同年八月帰国の途に就き十月八日帰国したが、その五日後の十三日に死去した。不可解な死で毒殺との噂も立ったが、それを証明するものはない。だが、体調が悪いのに洋行とは何か釈然としない。そこに暗殺説の入り込む余地がある。恨みを買っていたであろうから。

それにしても川路発案の警視庁幹部らによる偵察（一種の離反策）が、私学校徒決起の引き金となったのは間違いない事実であった。当然、川路とその後ろ盾の大久保はそうなっても構わないと踏んでいたのは疑いない。それが、川路を「取り立ててくれた西郷の恩義を忘れた男」とか、「郷士に刃を向けた男」として裏切者の印象が根付いた理由であろう。

大久保と川路の栄耀栄華も十二年でしかなかったが、皆先にあの世に逝き、長生きして元勲に成り上がった山県の強運ぶりには驚く。西南之役でも指導力に欠ける戦い下手との陰口を叩かれていた。大村益次郎には遠く及ばず、木戸はそれを分かっていて大村を評価していたが、その大村も暗殺された。

その点、山県は身辺警護には気を遣っていて、晩年は壮士を身辺に侍らせ外敵からの襲撃に備えていた。西郷が死に大久保も暗殺されて薩摩が没落し、長州の勢力が伸びたことの恩恵を一番受けたのが山県である。そうさせたのは大久保であった。

大久保亡き後も続く強権政治に息苦しさを感じ、辟易としていた民衆を歓喜させたのが西郷の名誉回復、すなわち復権であった。明治二十二（一八八九）年二月十一日、明治憲法発布に伴う大赦によって、西郷は賊名を除かれた上に正三位を追贈されたのである。

中津隊の後藤ら国事犯も同日、大審院検事長名村泰蔵の名において、大赦の措置が取られ刑罰が消滅していた。

復権によって西郷が国民的英雄に祭り上げられていくのは必然であったが、同時に薩摩と長州が藩の軍事力を行使し、幕府に対して英雄的な戦いを展開したことが近代天皇制の成立に繋がったのであり、西郷と木戸との間で、慶應二（一八六六）年一月に盟約が結ばれたことの歴史的意義が強く叫ばれるようになった。

西郷が英雄視されるうえで大きく関わりがあったのが、勝海舟が西郷の名誉回復以降、西郷の思い出を周囲に語り続け、それが活字化されたことである。その一つが『氷川清話』であった。

それともうひとつ、西郷の名声を高めるのに功績があったのが『南洲翁遺訓』の刊行であった。この書物の刊行は明治三（一八七〇）年十一月に、旧庄内藩主酒井忠篤が藩士七十名を引き連れて鹿児島を訪れ、西郷の許で学ぶようになったことに起因していた。その中の一人の赤沢源弥が編集し、それに菅実秀が添削修正を施したのが『南洲翁遺訓』であるとされている。これは庄内人士による聞き書きで、西郷の筆になるものではなく、西郷の死後に刊行されたものである。

これには西郷が極めて真面目、禁欲的であり人間味溢れる人物だったと描かれている。新政府の要路を「家屋を飾り衣服を文《かざ》り、美妾を抱え、蓄財を謀っている」と厳しく批判するのが西郷で、いまの有様《ありさま》に対して、「戊辰の義戦も偏に私を営みたる姿に成り行き、天下に対し、戦死者に対して面目無きぞ」と頻りに涙を流す男であったとしている。

西郷人気は明治三十一（一八九八）年に最高潮を迎える。その年、東京上野に高村光雲作の西郷像が建立された。真面目で禁欲的且つ清廉であった西郷を愛する民衆が、彼の人気を支えていたのだ。

強権・有司専制の政府に鉄槌を加える、そのために身を捨てて改革の旗頭となることを厭《いと》わなかった。それもまた人々は理解していた。勝つ心算《つもり》などなかったのだ。戦いぶりを検証すれば一目瞭然である。ただひたすら、民衆の批判・困惑も顧みず、彼らを置き去りにして、反対者を蹴散らし近代化に突き進む政府高官たちへの抗議のかたちが西南之役となったのである。

西郷像建立のほぼ百年後の一九七九年に、鹿児島市内を流れる甲突川の袂《たもと》に大久保利通像が建てられた。没後百年を記念してといわれているが、ようやく建ったかというのが正直な印象である。維新の偉業に貢献した薩摩藩士の多くが、西南之役で戦死または懲役刑となり、その後冷遇された人生を歩まされたことを人々が覚えていて彼らに同情を寄せていた。その反発を恐れての遠慮があったか。片や高位高官に登った成功者が薩摩では大久保や川路らであり、いずれも西郷なくしては成功を収められなかった。


最後に西南之役後の宮崎はどうなったであろうか。

戦役後、宮崎軍務所は宮崎支庁となるが、日向地方は鹿児島県に属したままであった。宮崎県として再発足したのは明治十六（一八八三）年五月のことで、日向地方出身の鹿児島県会議員である川越進や、各地の有志、戸長などによる分県運動の結果であった。分県運動の大義名分は、日向地方の人々が鹿児島の雰囲気になじめず、県庁が遠すぎて暮らしが不安定であったこと。そして、地租改正に伴う税の不公平にあった。

明治十四（一八八一）年の政府への分県の陳情や、反対派議員の説得などの紆余曲折はあったが、同十六年三月に県議会の賛成を得ることができた。政府も同九年に大久保が施行した三府三十五県制への反省があり、広大な県の分割を検討していた。

これは反政府士族集団を抱える難治県をできるかぎり排除することが目的で施行されたものであったが、宮崎にとっては迷惑以外の何ものでもない併合であった。大久保の真の目的が難治県鹿児島にあったことは論を待たない。そのような背景もあって、明治十六（一八八三）年五月、政府は宮崎県・佐賀県・富山県の再置を布告した。

ただ、明治七（一八七四）年に小倉処平が飫肥に逃げてきた佐賀の江藤新平と東京で親しくなった香月経五郎らを匿い七十日の禁錮刑に処せられているが、匿われていた所が櫛間の吉松家であったという。大久保が抹殺したかった江藤を助けたのが小倉処平で、処平のような注意人物が日向には多くいると警戒しての、大久保の宮崎県の併合処置と考えるのは飛躍し過ぎか。

それにしても、鹿児島県に併合されていたことで、宮崎県が西南之役に巻き込まれたことは疑う余地がない。大山県令の巧みな誘導で、戦地に赴いた者も少なくなかったし、同調圧力に抗しきれず、武士の矜持を胸に秘め、出陣していった者もいたであろう。

西郷に心酔し出兵していった将士には悔いはなかったであろうが、そうではなかった人たちの思いは、如何ばかりであったか。それでも彼らは武士らしく戦い、死なねばならなかったのだ。そして、生還を果たしたが戦場となって荒廃した郷土を見て、復興への遠い道程に思いを馳せる人々がいたことを忘れてはならないであろう。

了

西郷家系図

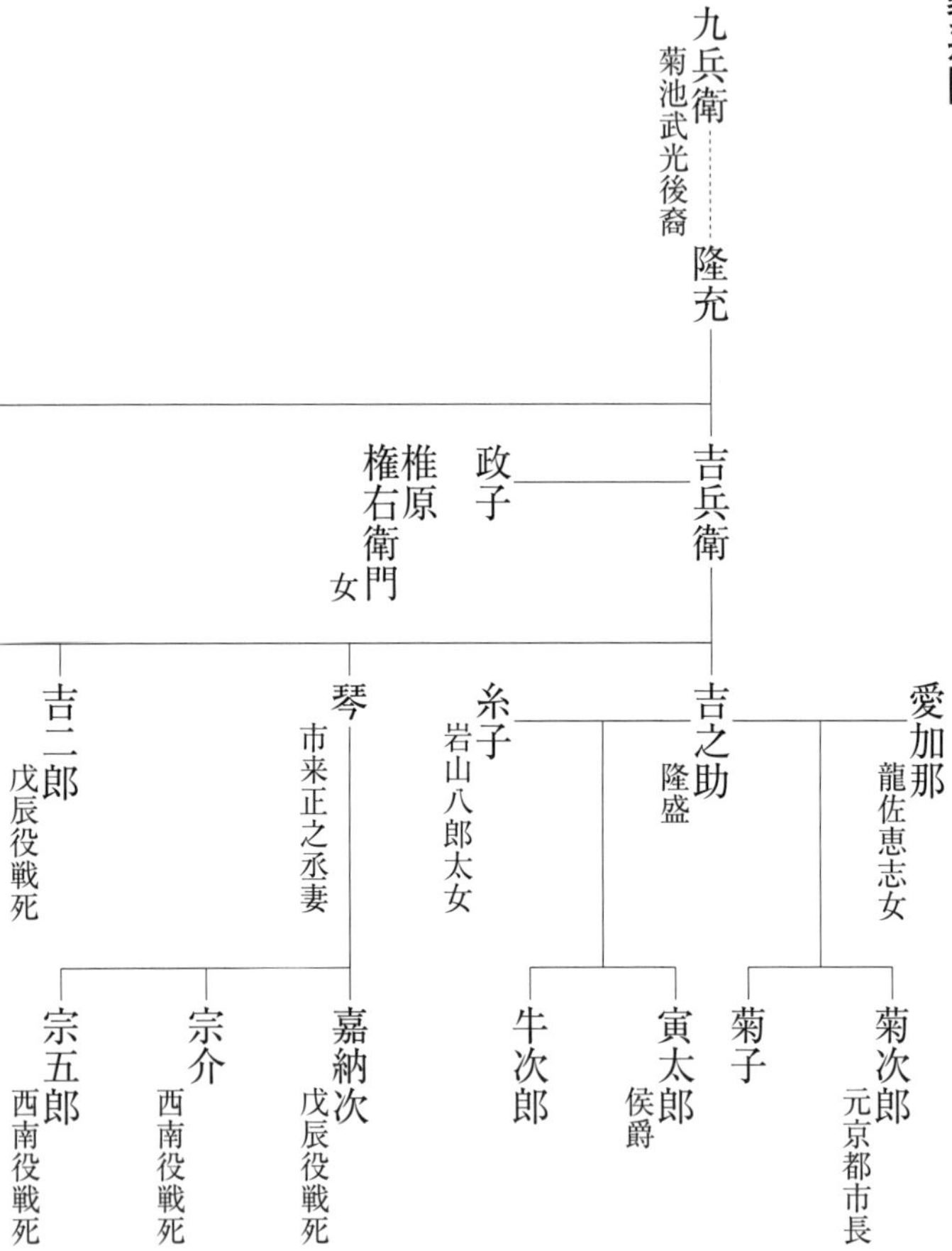
九兵衛
菊池武光後裔
隆充
吉兵衛
政子
椎原権右衛門女
吉之助
隆盛
愛加那
龍佐恵志女
糸子
岩山八郎太女
琴
市来正之丞妻
吉二郎
戊辰役戦死
菊次郎
元京都市長
菊子
寅太郎
侯爵
牛次郎
嘉納次
戊辰役戦死
宗介
西南役戦死
宗五郎
西南役戦死

- 綱昌　大山彦八
  - 成美　妻安（隆盛妹）
    - 辰之助　西南役戦死
  - 国子
    - マス子　西郷小兵衛妻
  - 巌　公爵
  - 誠之助　妻菊子（隆盛娘）

- 安　大山成美妻
- 従道　信吾　侯爵
  - 従徳　侯爵
- 小兵衛　西南役戦死

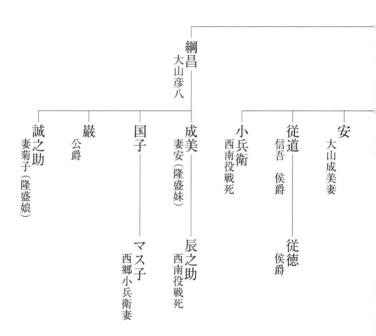

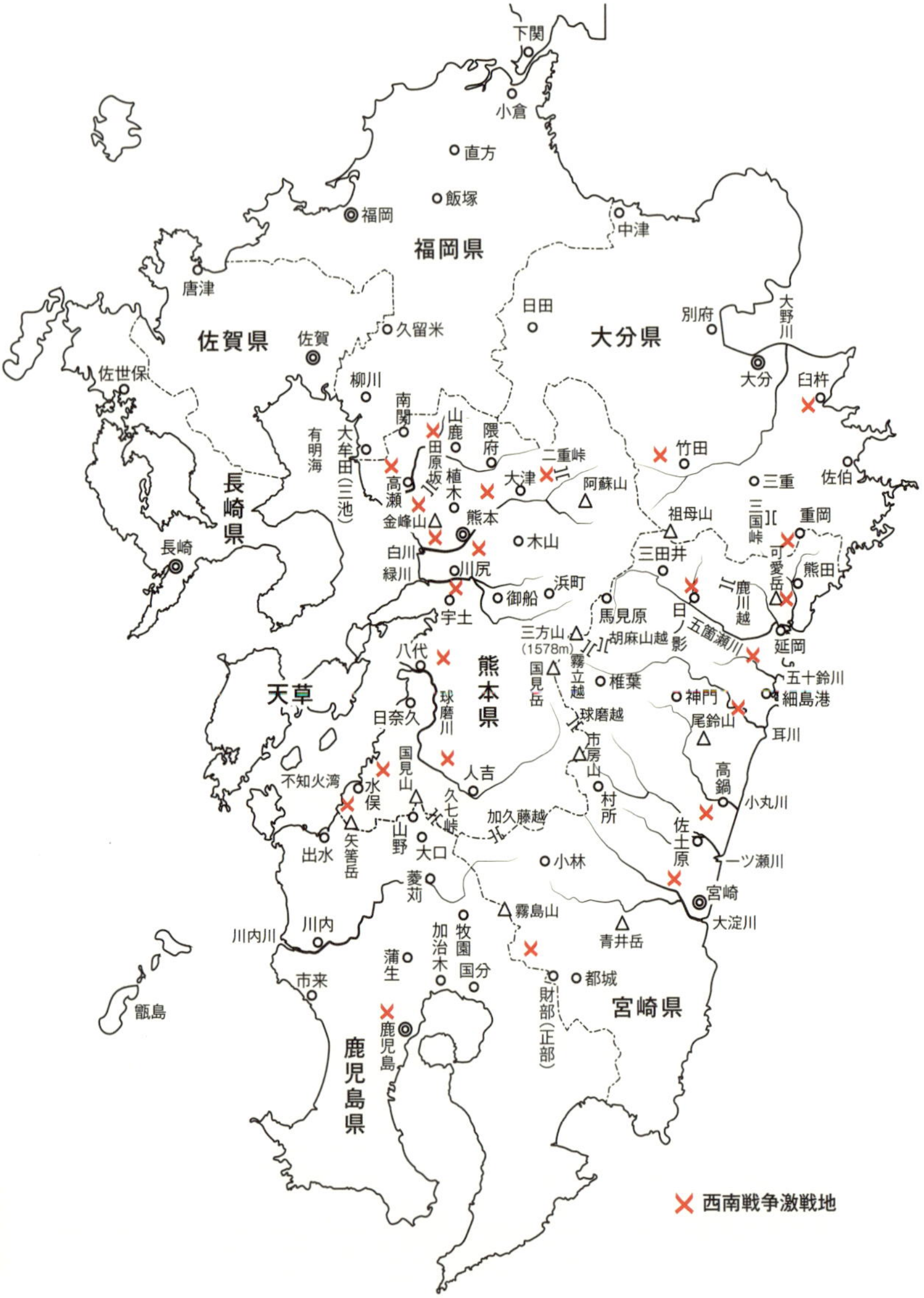

西南戦争の主要戦蹟図

（河野弘善著『党薩熊本隊』参照）

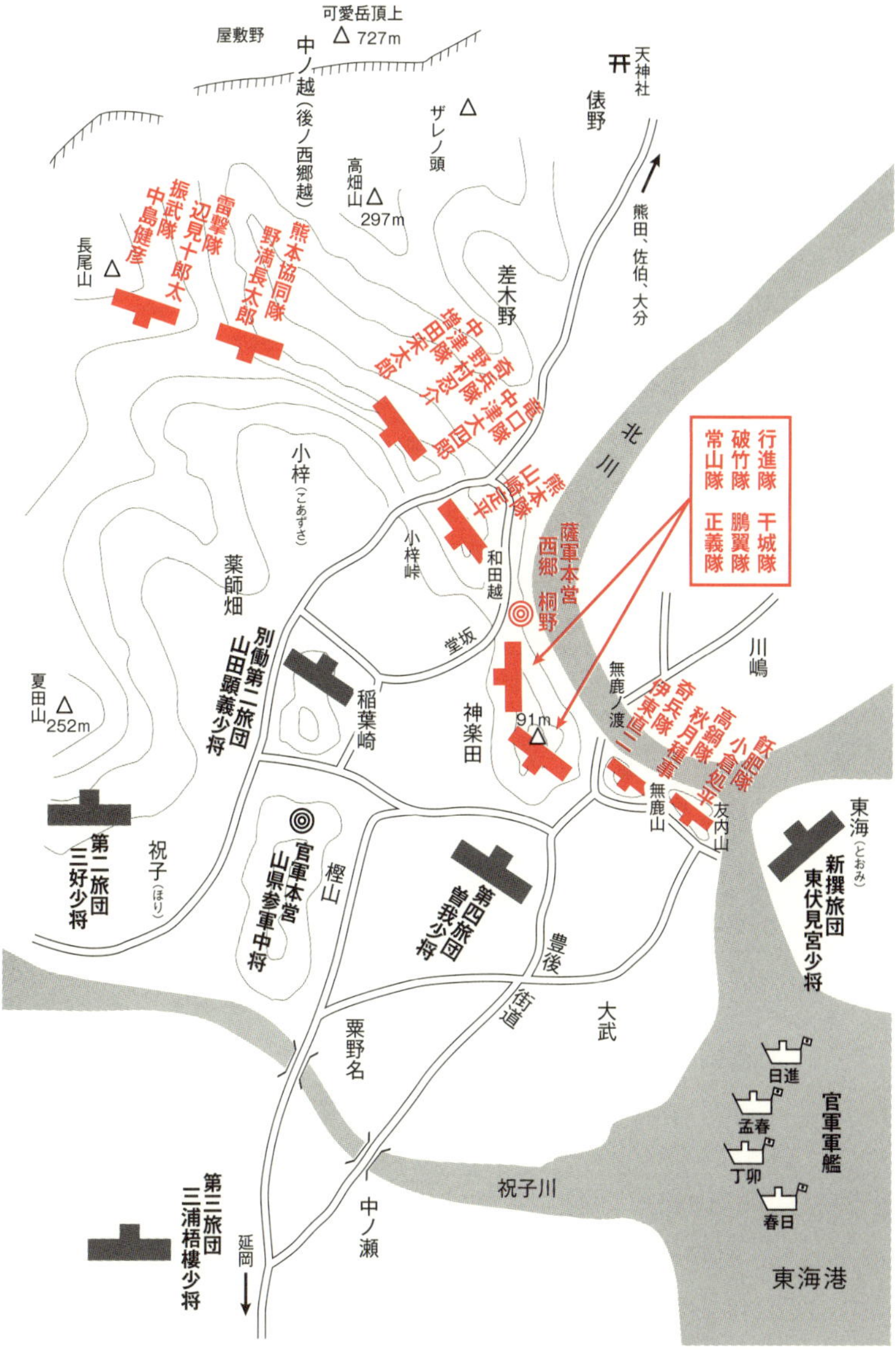

和田越決戦配置図（明治10年８月15日朝）

（河野弘善著『党薩熊本隊』参照）

主要参考文献

加治木常樹　『薩南血涙史』（薩南血涙史発行所）
河野　弘善　『党薩熊本隊　西南役異聞』（尾鈴山書房）
河野　弘善　『西南戦争　延岡隊戦記』（尾鈴山書房）
河野富士夫　『西南戦争と飫肥隊』（鉱脈社）
飯干　憶　『西南戦争外史　太政官に反抗した西郷隆盛』（鉱脈社）
榎本　朗喬　『小説　島津啓次郎』（鉱脈社）
鮫島志芽太　『西郷南洲の真髄　その人望と言行の独自性』（斯文堂出版部）
上野一郎編　『有馬藤太聞き書き　私の明治維新』（産能大出版部）
『西郷南洲先生遺訓　口語訳付』（西郷南洲百年記念顕彰会）
『増田宋太郎遺稿　覇窗雑詠』（西南之役中津隊百年記念顕彰会）
家近　良樹　『西郷隆盛』（ミネルヴァ書房）
海音寺潮五郎　『西郷と大久保と久光』（朝日新聞社）

海音寺潮五郎『史伝　西郷隆盛』（文春文庫）
橋本　昌樹『田原坂』（中公文庫）
石牟礼道子『西南役伝説』（講談社文芸文庫）
中村徳五郎『川路大警視』（マツノ書店）
小寺鉄之助編『西南の役薩軍口供書』（吉川弘文館）
勝田　孫彌『西郷隆盛傳』（至言社）
『西南戦争戦袍日記写真集』（青潮社）
『明治十年　騒擾一件』（青潮社）
佐々　友房『戦袍日記』（青潮社）
古閑　俊雄『戦袍日記』（青潮社）
『明治十年　征討軍團記事』（青潮社）
『西南戦争　豊後地方戦記』（青潮社）
『第三旅團戦袍誌』（青潮社）
『西南戦争資料集』（青潮社）

[著者略歴]

柿崎　一（かきざき　はじめ）

1946年 神奈川県生まれ
慶応義塾大学法学部卒業
神戸市在住

著書
『義昭出奔　大覚寺門跡始末記』(2005年、文芸社)
『嘉吉残照　大覚寺義昭側近円宗院の軌跡』(2022年、鉱脈社)
『キリシタンのはなし』(2023年、鉱脈社) 他

西南之役
滅び去りし者への挽歌

二〇二四年十二月　一　日　初版印刷
二〇二四年十二月二十五日　初版発行

著　者　柿　崎　一 ©
発行者　川　口　敦　己
発行所　鉱　脈　社
〒八八〇 - 八五五一
宮崎市田代町二六三番地
電話　〇九八五 - 二五 - 一七五八
郵便振替　〇二〇七〇 - 七 - 二三六七

印刷　有限会社　鉱　脈　社
製本　日宝綜合製本株式会社